照らし出すものたち

這《はう》子《こ》編

一つの認知システム

横山多枝子

せせらぎ出版

照らし出すものたち 這子編　一つの認知システム　目次

●小休止● 〈田の字〉の家のひととき……135

●イラスト　横山多枝子

プロローグ〜自我単位（こころを示す単位）

今日は二〇一三年某月某日。この記を書きはじめる。アメリカ留学から戻ったのが二〇〇二年だから、時の流れの速さに今更ながら驚く。帰国の少し前に父が逝き、父が住んでいた母の家が空いたこともあり、帰国以来その家で猫のワトソンと暮らしはじめ、黒猫ジジが昨年くわわり今日にいたっている。

さて、今回、私を育てた環境のようなものを描くにあたり、過去を振り返ると、その風景のなかにはいつも犬や猫の姿が見えかくれしていることに思いいたる。彼らの目の高さにあわせ、彼らの歩調にあわせて歩いてきたかというと、そうではない。精神的にはそうであったと思いたいが、やはり、人間中心的世界観で生きてきたことは否定できない。しかし、彼らをこころから愛し、彼らのこころに耳を傾けてきたと信じる。彼らの命の重さと私の命の重さは同等という意味で、この物語における自分を、彼らと同様に地面を這う生き物として這子《はうこ》と呼称することにする。そのほうが、真の自分を映していると思うからである。

今ともに生きている飼い猫のワトソンとジジは這子の目の前で食べたり寝たりと、生命体という実体をもつ存在だが、死んでしまった過去の彼らには実体はない。しかし、ときに彼らは予告もなしに時空を超えて這子のところにやってきては、実体以上の鮮明な姿をあらわす。もちろん彼らは、手をのばせば消えてしまう存在であるが、できることなら、彼らをもういちど抱きしめたい。近頃そんなことばかりを思うのは、這子自身が古くなり、使い古した時間のほうばかりを見ているからかもしれない。

生きる空間と時間を共有してきた彼らのすがたが一枚の写真のように脳裏にあらわれるたびに、彼らはかならず過去の這子をともなってやってくる。彼らが写るそれらセピア色に変色した映像には、必ずそのときどきの這子がいるからである。彼らは、いったい這子をどう思っていたのだろうかと、できることなら、彼らの瞳に映る這子自身を照らし出してみたい。

思いかえせば、這子の横をふっと通りすぎていったものから、一〇年以上もまるで連れ合いのように暮らしているワトソンや昨年から家族の一員になった黒猫のジジにいたるまで、這子はいくつもの命と関わってきている。

そして、時は流れ、歳をとり、ともに住む家族はワトソンとジジだけという境遇にいたった。はた目には猫しかいない寂しい暮らしというところだが、未来を夢見る必要のなくなった身にとっては、この暮らしが意外に楽しい。夢をたくすこともなく、たくされることもないから楽ちんなのであろう。

とくに一〇年以上もそばにいてくれるワトソンの存在は格別である。互いの関係には、干渉する／されるというわずらわしさがない。言葉が話せないから言葉で傷つけられることもない。だから喧嘩は発生しない。しかし、猫といえども愛憎のような情動はもっているから、こちらが愛しつくせば、その愛情はつたわり、信頼が生まれる。信頼があれば、簡単な意思は通じあう。彼らには、人間語を話せなくても、アイ・コンタクトがある。ボディ・ラングウェッジがある。猫語（ニャアー）にだっていくつかの意味がある。音色やイントネーションの変化で意思は伝わってくる。

逗子がワトソンにあまりにもいれこんでいるものだから、ワトソンが死んだあとを心配した九州の友人（初めて彼女と会ったとき、この人とは一生つきあえると思った人。見栄と嘘がないから信頼できる。九州に嫁に行ってよかったと思える無二の友人）から、もう一匹飼いなさいと、金銭的に贈られた猫がジジである。老猫と老女とがなれあった静かな暮らしのなかに、乳離れしたばかりの生後二ヵ月の子猫が加われば、生活のリズムはどうしても乱される。

小さいなりに覇権を主張してくるのか、それとも遊びたいだけなのか、執拗に老猫のワトソンに喧嘩を売る。ワトソンから猫パンチの一撃をくらって、いったん引き下がったふりはするものの、一件落着とワトソンが向こうを向いたとたんに、そのすきをねらって背中にのりかかって再度攻撃する。じゃれているだけだからと放っておけばいいかもしれないが、爪の当たり具合が悪く怪我をされたら、高い治療代を払わされるのは這子である。

しかも、ジジは食い意地が並みではなかった。食事マナーは、ワトソンの品のよい「ちょこちょこ食い」とは違って、くちゃくちゃと音をたてながらの「がつがつ食い」である。ゴミ箱に頭をつっこんだり、流し台のうえにのって生ゴミをあさったり、テーブルの上のパンをそのまま一つ盗んだりと、まさに泥棒猫という愛称がぴったりであった。

初めてワトソンと並ばせて食事をとらせたとき、自分のものがまだあるのに、ワトソンの皿のなかを狙いにいったのには驚かされた。離乳したばかりなのに、放っておけばいくらでも食べ、あげくは下痢と嘔吐で、心配させられたあげく、保険のきかない治療代を払わされること数回。

ワトソンだけのときは、いつでも食べられるように、皿にドライフードを入れておけたが、ジジが来てからは、あればあるだけ食べてしまうから、置いておけなくなった。そうなると、一度にたくさん食べないワトソンは、しょっちゅう食事を催促してくる。夜中だって構いはしない、お腹がすいたと這子を起こしにくる。頭やら顔を肉球でぽんぽん。たまには爪があたることもあるからたまらない。無理やり目を開けさせられると、ワトソンの後ろには、ぼくも食べるとばかりに、ジジがちょこんと控えている。普段は仲が悪くても悪さをするときだけ共同戦線を張るのは人間のちびたちと同じである。

そんなこんなで、ワトソンは食欲不振と老猫性脱毛症になり、夜中に何回も起こされる這子は、低血圧に寝不足がかさなり、昼間でも思考力ゼロの状態が続いた。それでもなんとか、一年がすぎるころは、ジジの泥棒癖にもブレーキがかかりはじめ、もちろん、食い意地猫であることには変わりはないが、落ち着きが出てきて、お行儀は大分よくなった。したがって、這子家族の生活リズムも元に戻ってきた。

しかし、戻ってこないものがあった。それは生活の質のようなものである。ジジが成長するにつれ、猫二匹と人間一人が住む居住空間が少しずつ異質なものに変わってきたような気がする。おそらく、ジジがときに見せる行動がそう感じさせるのかもしれない。この感覚は、あくまでも、這子の主観ではあるが……。

アメリカ滞在中のことである。ワトソンと邂逅する数ヵ月前、生後五ヵ月ぐらいの黒猫がアパートの我が部屋に闖入してきた。開けっぱなしのドアの隙間から、ふと風のように入ってきたその黒猫は、そこがあたかも、もとから自分の家であるかのようにふるまった。そのふるまいは、人間を警戒するわけでもなく、生まれてからずうっと住み続けてきたかのように不自然さがない。水道の蛇口から直接に水を飲んだり、テレビの画面に見入ったりと、少し変わったその習性もさることながら、黒く光る毛並みや金色の目が神秘的だった。もともと猫好きな這子である、その黒猫の居候は大歓迎だった。ところが、一週間も経ったころだったか、抱いて外に出たら、同じアパートの住人がとびだしてきて、「その黒猫は私たちの猫です」と言ったのである。

そんなことがあったからなのだろう、もう一匹迎える気がなかった這子ではあったが、友人にすすめられてブリーダーのサイトをのぞいたとき、そこに載る赤ちゃん黒猫に妙に惹かれた。もし、そのサイトに黒猫がいなかったら、たとえ友人からのプレゼントであっても、もう一匹猫を迎えることはしなかったであろう。

さて、時空を超えて過去をのぞいたとき、見えるのはおもに、関わってきた人間たちのすがたではなく、まわりでチョロチョロしていた犬や猫たちである。彼らは這子の自我までとりこもうとはしないから、人間とのあいだにおこるような軋轢は起きない。だから、そんな彼らを、あえて記憶から追いやる必要はなかったということなのかもしれない。

不完全な人間だから、ときには人を嫌いになる。自我を殺してまでして付き合うと怨念が生じる。怨念は這子の脳を四六時中支配してくるから、そんなものを抱えたまま日々を生きることは一種の苦行である。前に進むこともできない。だから、記憶脳から消してきた。この作業は、もちろん簡単な作業ではない。しかし、他者の脳をコントロールすることはできなくても、自分のそれをコントロールすることは可能である。過去をふりかえったとき、人間たちよりも、まっさきに犬や猫たちが現れるのは、おそらく、こういう理由からだろう。

今、二匹の猫と一人の老婆は、ワトソンという自我単位、ジジという自我単位、そして這子という自我単位、この三つの自我単位を軸とする世界に生かされている。人間どうしの場合、一方が他方の自我をとりこもうとしたり、否定したりする現象は起きるが、人間と猫のあいだでは起こりえない。猫どうしではどうか。成猫になれば、互いに距離をおきあうようになるから、互いの自我は侵されない。

この物語は、這子という認知システム*（周囲の現象や出来事に対する感じ方や思考方法の仕組み）を育成してきた成育環境のようなものを描くという目的のもとに、現在の観点から構築された物語であり、解説書ではない。這子の認知システム形成にとって欠かせなかったのは、ときどきに這子の周りをウロチョロしていた犬や猫たちでもある。したがって実質的主人公は彼らである。幾多の出来事は記憶の内容に影響を及ぼし、しかも時間の経過は思い出から脈絡を取りさり、記憶脳の棚に手当たり次第に積み重ねられたいくつかの映像である。その棚の支え棒そのものが不安定になりつつある年齢になった今、崩れてしまう前に、それら映像をいくつか引き出しておこうと思った。とはいえ、這子の認知システムなんて、ごくごく平凡な認知システムである。

＊認知システム……行動・習性を形づける最も重要な決め手は環境。

第一章　生育環境

――宮倉――

幼女の原風景「宮倉」

雨上がりにできた小さな水たまり
陽光を受けて光っていた
その底に
一つの枇杷の種を沈めた
枇杷の種が宝石のようにきらきらと輝きだした
まだ舗装されていない
車なんてものはまだ走らない
家の前の道路
水たまりと枇杷の種と陽のひかり
はじめての感覚
不思議な感覚
魅了されて
ながいあいだ覗きこんでいた

幼女と世界との初めての統合
表現する言葉を知らないころの
遠いしかし忘れたことのない確かな記憶である

この詩が描く光景……。

這子の記憶はここからはじまっている。

生まれ育った三島市旧・宮倉の家の前、雨上がりにできた水たまりに、枇杷の種を入れて、長いあいだ見つめていたというどうってことのない記憶である。まだ自動車が市民生活に入っておらず、家の前の道は雨が降ればぬかるみ、乾けば砂ぼこりという時代。道路にできた水たまりの前で、女の子がどれくらいしゃがんでいようとも、誰からも咎められなかった時代、おそらく、三歳か、四歳か、今思えば自分と自分につながる世界のようなものを初めて認知したときだったのではなかろうか。だから、這子の海馬は大切に奥深いところに保管し、その意味を解明できるまで、這子が成長するのを待っていたのかもしれない。

宮倉の家で逗子は戦後まもない昭和二三年に生まれた。第一次ベビーブーム世代である。両親は大陸からの引揚者、兄は大陸で生まれている。戦後間もない人のこころさえあればそれだけでいい、それにつきたのではなかろうか。学校も近所も、人のこころは世知辛くなかった。少なくとも、逗子が小学生だったころまでは。生まれてきてくれて、生きていてくれて、ありがとう。そういう安穏な空気に子どもたちは包まれていた。

近所の子どもたちは、男の子は男の子どうしで、女の子は女の子どうしで、どこから湧きでてくるのか、空き地さえあれば——そういえば、むかしはどこもかしこも空き地だったような——年上も年下もそこに集まり、歓声をあげて遊んでいた。ときに泣き声が混じっているときもあったが、空き地に沸きあがった子どもたちの歓声は、ときに道路から仲間の家のなかまで入りこむこともあった。

彼らと同様に、幼いころの逗子の日常は、宮倉の通りをテリトリーに、近所の子どもたちや犬たちと遊ぶ。ざっとこんなふうであったろう。

缶蹴り

逗子を相手にいつも遊んでくれたのは、二～三軒先にあったM家の一つ上か二つ上のT

子ちゃんだから、男の子の集団に入っていたという記憶はないが、ただ一度だけ苦い思い出がある。

小学校入学前だったと思う。近所の男の子たちのあいだで缶蹴りという遊びがはやっていた。その仲間に自ら入って遊んだ記憶は一度としてないが、そのときは、四歳上の兄に誘われたのか、そうでなかったのか、とにかく気がついたら、鬼になっていたという記憶である。いったん鬼になってしまったら、一番年少しかも運動音痴の這子である、悪ガキどものいい餌食で、缶から離れれば、缶は蹴られっぱなし。だから、缶から離れることができないから、這子の鬼は永久に続く。まさか「やってられねえ」と口走ってはいないだろうが、這子は鬼であることから逃避することにして、悪ガキどもが隠れているあいだに、走って家の勝手口に逃げ込み、悪ガキどもが入ってこれないようにカギをかけた。追ってきた悪ガキどもは勝手口のガラス戸を叩き、戸の向こうで「卑怯者、出てこい」と口々に悪態をついていたが、それも時間の問題、相手にしない這子にあきらめて、「行こう、行こう」と散り散りに帰って行った。その後、そのことを理由に彼らからいじめられてはいない。彼らにとっても、缶のそばを離れない鬼なんて、面白くもくそもないということに気づいたのだろう。

不条理の場面の当事者になってしまったときは逃げるが勝ちと、そのときの這子が思ったわけではないが、そのときの這子の行為は正解だったと思う。〈逃避〉が正解かどうかは、その場面にもよるが、解放される一つの選択肢である。

T子ちゃん家《ち》

這子といつも遊んでくれたのはT子ちゃんだった。それも、お互いに成長すれば、遊びの仲間関係は終わる。二人がともに行動している光景が見られたのはいつまでだっただろうか、這子は定かには憶えていない。しかし、這子が鮮明に憶えていることがある。それは、他とは違っていたT子ちゃん家《ち》が醸し出す不思議な空気だった。幼い這子の感性は刺激され、好奇心は掻き立てられた。そう、少し違うが、「トトロの森」のような、どこから何かが出てきそうな、そんな不思議な空間を肌で感じることができた家、とでも。

T子ちゃんのあとをおって、通りに面した全面ガラス引き戸から家のなかに入ると、家のなかは全体に暗く、左側に裏に通じる暗い長い土間の通路があった。その通路の右側に畳敷きの広い部屋が二つ並び、左側には、納戸なのか押し入れなのか、板戸でなかは見えない、そんな間があり、中間には板戸で区切られていない大きな食卓をしつらえた間があった。おそらくダイニングの間だったのではなかろうか。

T子ちゃんのあとからその通路を走り抜けると、陽の光が一挙に二人をおそう。裏庭に出ると、すぐ左に大きな井戸端、右に納屋風の建物があった。その向こうに小さな平家が建ち、その横の裏庭を突き抜けたところに、這子ん家《ち》の裏庭にも続く清流がゆうゆうと流れていた。

這子の好奇心は尽きなかったが、家のなかに一度も上がったことはないし、納戸や納屋のなかを覗いたこともなかった。ただ、清流ぎわに建つ平家には、何回か入ったことがある。平家には新婚さんが住んでいて、昼間一人でいる新妻が、裏庭で遊んでいる這子たちを見ると、「上がれ、上がれ」と誘ったからである。T子ちゃんのあとから、這子も上がる。楽しかったのは、ふるまわれた駄菓子もそうだが、川に突き出た縁に腰かけて清流へ両足を入れ、ときにはズック靴をぬいで川底を歩き、バシャバシャすることだった。川幅およそ一メートル強、深さは這子たちの膝の高さ程度、しかも透き通っているから川底がよく見える。流れは緩やかだから、小石に足をとられても、身体が流れに持っていかれることはない。

這子は、バシャバシャと遊びながら、川面からの乱反射光に眼を細め、目の前の光景を見る。清流の反対側に家が建つ這子ん家からの光景とは違い、T子ちゃん家のそこにはだだっ広い田んぼが視界の端まで続いていた。季節により色を変える田んぼは稲刈りのあとは子どもたちの格好の遊び場になり、正月などには大人までもタコを上げるために集まっていた。

「もう、上がりな、いつまでも水に浸かっていると、今夜はおねしょだよ」

と、新妻が促す。彼女の声で、二人は遊びの世界から呼び戻される。

さて、這子たちを自由に遊ばせてくれた宮倉の通りがあった三島市は、そのむかし東海道五十三次における一一番目の宿場町であり、かつ伊豆国一の宮である三島大社の門前町でもあった。宮倉と三島大社との距離は子どもの足でも一五分ぐらいだったから、おそらく、そのあたりには大社と関係がある蔵か何かがあったのか、つまり「宮の倉（蔵）」というい われで名付けられた地名かなとは想像できるが、住所表示が変わり、その地名は今にとどめていない。

箱根山から旧国道一号線を下りきってしばらくすると、右手に三島大社の大きな鳥居があり、その鳥居の正面から南に向かってのびている道が下田へと続く下田街道であった。

「あった」と過去形で書くのは、バイパスの新国道一号線ができてからの道路事情はすっかり変わったからである。それはそれとして、宮倉の家は、三島大社の鳥居から、東海道（旧国道一号線）を東（箱根側）に二区画ぐらい行ったところを南に折れて、さらに二区画ぐらい行ったところの角地にあった。下田街道を二区画ぐらい行ったところで東に折れてもよく、逗子は、どちらかというと下田街道のルートを取ることが多かった。途中、細い横道を入ったところに、お好み焼き屋をかねた子ども相手の駄菓子屋があり、そこに寄るのが好きだったからである。近所の子どもたちで賑わっていれば、小遣いがなく冷やかしだけでも店に入れる、気兼ねなしに入れた敷居の低い店だった。そうやって、子どもたちは大きいのも小さいのもガヤガヤと群れ集まっていた。

三島を語るのに欠かせないのが富士山からの豊かな伏流水である。現在は柿田川の清流にしかその面影は残っていないが、宮倉の家の北側には幅四〇センチほどの水路が流れ、ドジョウが泳ぎ、シジミの子どもたちであろう白い小さな二枚貝がたむろしていた。清流は家の南側にも、川幅一メートル以上はあったか、豊かな水量を誇っていた。夏にはスイカ、マクワウリ、トマトそしてキュウリ等が冷やされていた。

そんな宮倉通りだったから、町内一斉に夏祭りの飾りつけがされたとき、特に日が暮れて提灯に灯がともされたとき、宮倉通りはえもいわれぬ美しさに輝いた。提灯の赤い灯が水路に映え、水路の流れがその映えを、ゆらゆらと揺蕩《たゆた》わせていた。イルミネーションのような電光飾の冷たい光ではない、ロウソクの暖かい光である。

どこからともなく「しゃぎり」の音が聞こえてくると、小銭を握った子どもたちは、男の子も、女の子も、連れ立って、三島大社の境内に出かけ、立ち並ぶ夜店を一軒一軒と冷やかして歩いた。宮倉にかぎらず、市内の子どもたちにとって、三島大社の夏祭りは心躍る特別な行事だったのではなかろうか。ちなみに、この夏祭りは現在も三島市の重要なイベントである。

さて、宮倉の家であるが、木造トタン葺の平屋建て、台風が来るたびに窓はガタガタと鳴り、屋根はミシミシと騒ぎ、今にも壊れそうな家だった。今のようなアルミサッシで固定された窓ではなかったから、台風が来るたびに、父は長い一本釘を木枠窓の四方に打ちこんでいた。といっても、逗子の家だけが特別だったのではなく、当時の家はどれも同じようだった。そんな家だったから、最初の飼い犬のリリーが畳や廊下の上をかけまわったり、粗相をしたりしても、父の癇癪ははじけなかったのだろうとは、今になってわかることである。くわえて、この家は父の母、つまり祖母の持ち物だったことにも一因あったのかもしれない。

　さて、この祖母こそ、這子が知るかぎりの這子の起点となる人である。祖母という女性が存在していなければ、這子自身も存在しえなかった。ということで、母から聞き得た情報を基に、まずは彼女の話から述べることにする。


　祖母は二度結婚している。一度目は千葉の住職、二度目は伊豆の資産家・村長のもとへと、両方とも後妻としてである。彼女は若いとき結婚を反対された男性の子どもを産んでいるというから、後妻の口しかなかったのであろう。生まれてきた子はすぐどこかにもらわれていき、祖母はその子と二度と会うことはなかったらしいが、年老いて呆けだしたころ、会いたい、会って罪滅ぼしがしたいなどと言っていたと聞く。その後、祖母は懐妊することはなかった。だから這子の父は祖母の実子ではない。しかし、父は戸籍上、祖母の実子になっている。ここに物語がある。

　最初の結婚相手の住職には、先妻とのあいだに女の子はいたが、男の子はいなかった。そこで、祖母が企てたのが、その女の子を早々と嫁に出し、自分が寺の跡継ぎの男の子を産むことだった。そうすれば、大黒さんとしての自分の地位は安泰である。しかし、どうしても懐妊しなかった。これからが、嘘か真か、聞くところによる物語のはじまりである。

あるとき、祖母が千葉の海岸を散歩しているとき、自殺しようとしていたのか、それとも海につかって堕胎をこころみていたのか、とにかく欲しくない子を身ごもっている女性と出会った。その女性から彼女がかかえる事情を聞いているうちに、祖母はたちまちにして一計をめぐらした。その女性は子どもを欲しくない。しかし、自分は欲しくてたまらない。そのいらない命をもらいうける案はどうか、男の子なら願ったりかなったりである。しかし養子ではだめだ。自分が産んだことにしなければならない。そうでなければ、寺の跡継ぎはできたとしても、跡継ぎの母という身分は手に入らない。

そこで、一計の実行を謀った。女性の出産予定日にあわせて、自分の腹の外形を少しずつ大きくして、子どもが生まれた時点で自分が産んだことにすればいい。当時すでに祖母はまったくの独学で助産婦の資格をとっていたというから、彼女にとって一計の実行はそんなに難しいものではなかったであろう。

そして祖母のプロットは計画どおり成功して、その結果、男の子が生まれた。這子の父である。祖母はしめしめと大喜びしたであろうが、結局、住職が結核を患って死んでしまったので、火をもって追われるがごとく、母子ともども寺を追い出されたという顛末となった。実際、住職の布団やら持ち物はすべて燃やされたらしい。

二人が檀家衆から追放されて三島の家に住みはじめたのが、父が何歳のときなのか、三島の家はもともとそこに建っていたのか、それとも祖母が新しく建てたのか、そのあたりのことは、這子は何も知らない。ただ、父の戸籍上の腹違いの姉はすでに嫁に行って京都の人となっていたらしいから、三島の家で母と息子の生活は始まったことになる。

未婚で子どもを産んだり、独学で助産婦の資格をとったりしたぐらいだから、祖母にはしたたかな生活力があったとは想像できる。子どものころ、宮倉の家の床下に、湿気でぼろぼろになった仏教系の掛け軸等をいくつか見たことがあるので、着の身着のまま無一文で追い出されたというわけではなかったのかもしれない。

さて、祖母が次の後妻口に嫁入るまで、血がつながらない母子がどのような暮らしをしていたのか、想像もできないが、祖母に言わせれば、父は中学（旧制中学校）に入れてもすぐ辞めてしまうほどの我がままもので、次の中学を探すのに苦労させられたらしいから、まあ、父は祖母の期待通りの息子ではなかったということであろう。這子が生まれたとき、すでに祖母は他家の人だったから、二人の親子らしい光景を見たことはない。たまに宮倉の家を訪れる祖母が父に説教じみて何か言えば、父はあちらのほうを見ながら

「あー」とか「うー」とか言うだけだったので、まあ、母と息子なんてものはそんなものなのだろうと思うぐらいで、二人の心情の部分にまでふみこんで考えたことはない。

明治生まれの祖母は、恋に仕事にと進取の気性に富んだ女性だったが、優しい人のようには見えなかった。父が三歳ごろ、「おまえは私のほんとうの子ではない」というような言葉を面と向かって言ったとも聞くから、祖母の手を煩わせたきかん気な子どもであったにしても、父の心中は察するにあまりある。

祖母は後妻口が決まってから、いや、その前かもしれない、父をひとり大陸へと放逐した。息子は再婚の邪魔だったのだろう、まあ、婚家に大きい息子をつれていくわけにはいかないことはわかる。中国大陸のどこに放逐されたか詳しいことは知らない。聞かされたようにも思うが憶えていない。父はそこで真っ黒になって蒸気機関車の罐に石炭を休むことなく投げこんでいたらしい。そんな息子に、祖母は嫁を送ることにして、自分の眼鏡にかなう女性を助産婦のなかから探した。将来、自分の仕事を手伝わせることができ、生家が貧乏で、気が利いていて、働きもので努力家、そして我慢強い女性を探した。まさに祖母の眼鏡にかなったのが這子の母だった。

実際、母は尋常小学校を卒業したのち、他家に子守りとして奉公に行き、そのあと東京の新聞販売所の女中をしながら助産婦学校に通った。その学校も実家の手伝いのためにたびたび呼び戻され、まともに通えず授業日数が足りなかったが、成績がよかったために助産婦試験は受けさせてもらえたという。

父が母と初めて会ったのは婚儀のときだった。写真はとりかわしていたらしいが、父は実物の新妻を見て失望したらしい。なにせ当時の写真の鼻筋修整術はすごかったから、写真にだまされたというわけだ。婚礼の儀を終えて父が先に大陸にもどり、その後いろいろ整えて母が渡った。出迎えにきた父の第一声は「船が沈めばよかった」であったらしい。

母の名誉のために少しだけ彼女の容貌に関して弁明しておく。鼻が低いことは確かだった。それは這子も受けついでいる。美醜は鼻の高さとおおいに関係しているから、母娘ともども、たしかに不美人の範疇に入る。しかし、身びいきかもしれないが、母には理知的な美しさがあった。

さて、敗戦後、父と母と大陸で生まれた兄の三人は宮倉の家にもどってきた。その後、男の子が生まれたが、事故か何かですぐ死んでしまい、その次に生まれたのが這子だという。その男の子が生きていたら、這子は影も形もなかったと聞かされていた。

帰国後、父は国鉄の仕事はあったらしいが、東京まで毎日通わなければならないということでその話を蹴り、近隣の醸造会社に勤めたが、そこも長続きせず、長い間ふらふらしていたらしい。家計は、時折入ってくる助産料や、兄と這子を乳母車に載せての下着の行商など、母がおもに支えていたらしい。父とふたりで竹箒を作って売り歩いたり、子ども相手の駄菓子屋を営んでいた時期もあったらしいが、駄菓子屋は万引きが多く、商売にならなくてすぐやめたらしい。

器用な母は洋裁を習ったわけでもないのに、頼まれて婦人服を作ったりもしていた。来客の仮縫いをする光景を鮮明に憶えている。そんな母の姿にヒントを得たのか、父は家の道路側の一部を改装して紳士注文洋服店を開いた。職人を雇い、父は営業をしてまわった。営業の仕事は父に向いていたのだろう、時代の流れも加担したのかもしれない、一時期は四~五人の人が店で働いていたこともあった。父のふところはそれなりに潤っていたようで、新しいもの好きの父は、欲しいものはすぐに手に入れ、子どものように嬉々と自慢していた。好きなようにさせておけば機嫌はいいが、母が文句でも言おうものなら、いつもちゃぶ台がひっくり返っていた。

町内で最初に自動車を買い、免許をとったのは父だったのではなかろうか。表向きには裕福な家のように見えていたかもしれないが。家計費として家には入れていなかったようで、母はいつもやりくりに四苦八苦していた。それを知っている這子の気持ちのうえでは家はいつも貧乏だった。

這子からその貧乏感が消えたのは、高校生になってからである。祖母が営む助産院を無給で長年手伝っていた母だったが、あるとき祖母と離反した。争いごとの嫌いな母であったが、よほどのことがあったのだろう。自由になった母は、産婦人科医院に勤めだし、職業婦人としての定期収入を得るようになったからである。

そのころ、三島市隣接の沼津市の駅前に西武デパートが建った。当時、地方に住む人々にとって、デパートは都会の象徴であり、館内は夢と美しいもので満たされていた。このデパート通いが、母と這子の毎日曜日の日課になった。

当時、三島市と沼津市の間の旧東海道を路面電車が走っていた。母と這子はそれに乗って、毎日曜日に西武デパートに出かけた。何を買うでもなかったが、手ごろな値段で買いたいと思う何かを見つけるための全館巡りだったような気がする。一階から順に上がり、全館を見終わったのち、最上階の大食堂で昼食を食べる。注文するメニューは母が好きなタンメンと決まっていた。今のような飽食ではない時代、タンメンは最高のごちそうだった。それから、ハンカチとかネッカチーフとか、些細な何かしらの収穫品の袋を手にさげて、再び路面電車に乗って帰路につく。ときにはウインドウショッピングだけのときもあったが、母と腕を組み、「これ、似合う、似合わない、こっちが素敵、でも高いねえ、さっき見たのがよかったかも……」と、女の子どうしのような会話を母とする。こんな楽しい日曜日は、おそらく這子が高校を卒業して宮倉の家を出るまで続いたのではなかろうか。

それから何年かして、実質ともに自分の家を持つことが念願だった母は自分の家を建てた。母が祖母の理不尽な扱いに長年耐えていたのは、何かあるたびに宮倉の家（祖母の持ち家）から出て行けと言われていたからである。自分の家を建て、もう出て行けと言われない、と思うのもつかのま、そのころから母の身体に異変が起きはじめていた。慢性関節リウマチの発症である。

祖母はけして声を荒立てる人ではなかったが、言葉に棘があったのであろう。幼いころの這子には言語表現の微妙なところは理解できなかったが、祖母が何か言ったあとの母の顔の曇りかげんで、祖母と母との関係ぐらいは、幼心にもわかった。突然に訪れてくる祖母を、床の間のある座敷に招き入れ、常に恐縮しながら接待していた母の姿を見て育った這子にとっても、祖母は近寄りがたく、心を開いて話したことはない。

産院を手伝わなくなったとはいえ、母は昔の嫁、義理と礼儀をつくし、嫁としての誠意は果たしていた。そんな母に言われ、這子も実家に帰るたびに、祖母からすればひ孫にあたる子どもたちを連れて挨拶に行っていた。

誰でも年をとる。成功を誇った人でも例外ではない、祖母が入院したから一度見舞っておいたほうがいいと母にすすめられて、九州から新幹線に乗り、幼い子ども二人をともない祖母を見舞ったことがある。彼女はベッドに縛り付けられるようにして寝かされていた。「おばあさん、わかる?」と、顔を近づけて呼びかけた這子の顔に、白く濁る眼を向けて、掠れた声を出した。耳を近づけると、どうやら「這子かい、遠いところ、たいへんだったねえ、子どもたち（ひ孫）は大きくなっただろうね、向こうにお寿司とお菓子を用意してあるから食べておいき、さあ、さあ」と言った。しかし病院のなかにはそんなものはない。実家に里帰りしたおりには、母にうながされて必ず祖母のもとへ挨拶に行かされていたが、そのときと同じもてなしの方法である。見舞った這子は逆にもてなされたのだった。

認知症が大分進んでいると聞かされていたので、血のつながりのない這子の名前など憶えていないと思っていたからびっくりした。はっとして祖母の目を覗くと、白濁した目の奥にちらっと光るものが見えた。彼女は常に毅然としていて喜怒哀楽を見せない人だったが、呆けてさえ、ベッドにしばりつけられていてさえ、その姿勢を貫き通そうとする、あれは、そんな強い意思の光だったような気がする。

しかし、そのとき祖母を捕えていた現実は、彼女の意思に反していた。町会議員を二期務めたほどの女性が、たとえ年齢を重ねた結果だとしても、呆けて病院のベッドに縛り付けられている姿には愕然とした。あまりにも無残だった。明治・大正という女性が生きにくい時代を生きぬくためには、心に鎧をまとい、無用な優しさを捨てざるをえなかったのかもしれない。それだけ彼女は努力の人だった。その点に関しては尊敬に値する人だったと思う。しかし、深層における心の充足はどうだったのだろうか。地域の助産婦会長や町会議員として周囲からあがめられてはいても、それはあくまでも表面的な対応である。這子自身も、情愛をこめて祖母に接したことはなかった。

そんなことに気づいたとき、祖母の身になって、初めて彼女の心を思ってみた。養子に出さなければならない子を産み、後妻として他家に入ること二回、そこで複雑な義理の人間関係環境に生きた。誰にも弱みを見せずに生きてきた。

いったい祖母は涙を流したことがあるだろうか？

どう考えても、祖母の涙は想像できない。強い祖母には涙は似合わない。いや、そうじゃない、ベッドに縛り付けられている今、心の奥で無念の涙をこぼしているのかも。そう思ったとき、「人間とはいったい何なんだろう」と小説のようなものを書いてみたいという思いに駆られた。這子は祖母に対して一度として親しみのような感情を抱いたことはなかったが、明治生まれの女性が自立して生きることの重みのようなものを感じずにはいられない。

そういえば、祖母から長い手紙が九州に住む這子のもとに届いたことがあったことを思い出す。呆けて手に負えなくなった祖母は母屋の人たちによって入院させられ、そのたび、病院を脱走し、這子の両親の家に逃げこんでいたらしいが、消炎剤と痛み止めで、自分のことが精一杯という母に、祖母の世話ができるわけがなく、病院に戻されるということが、何回か繰り返されていたころである。手紙には父の不実がめんめんとつづられ、九州に行って這子と暮らしたいという願いが切々と、幼児のような字で書かれていた。そのころの這子の生活は盆も正月もない時代だったので、祖母の願いを聞き入れる余裕はなく、うやむやに終わったように思うが、たとえ這子側に余裕があったとしても、実際には実現されるわけがなかった。老いて呆けだした祖母には身動きできる自由はなかった。とはいえ、祖母は最後まで強靭な意思を貫いた。母つまり嫁より先に逝くことを潔しとしなかったのか、母の死（腎不全）を待つようにして逝ったのである。

さて、這子自身が歳をとったせいか、自分の原点をさぐるとき、自分とは血のつながらない、心を通わせたこともない、この祖母にあるのかもしれないと、そんな思いがよぎる。血はつながっていなくても、祖母がいなければ、自分という存在はなかった。しかも祖母は這子の命名者であり、這子に文章を書きださせた動機付けの人でもある。祖母から受け継いだものがあるとしたら、彼女の「生きる強さ」かもしれないが、死への対応は母の潔さを受け継ぎたい。

初めての犬、スピッツのリリー

這子が小学四年生の終わりごろ、母が知り合いからスピッツの子犬をもらってきた。ふふさふさとした純白の長毛、大きな丸い黒目が愛らしかった。しかし、鼻先は白がまじるブチだったから、純血ではないと、家族は言っていた。

スピッツは昨今あまり見られないが、トイプードルやらチワワが今の人気種であるように、当時の人気種であった。その子犬は誰からともなく、リリーと名付けられて、家のなかを毬のようにころころと遊んでいた。這子はその子に夢中になり、家にいるときはいつもその子とじゃれあっていた。

宮倉の家にリリーが来てからしばらくして、時は這子が五年生になってすぐの春、朝、目覚めて立ちあがったら、ふいに全身の力がぬけて、布団の上にぶったおれた。同時に知覚神経も目覚めたのだろう、全身が強い痛みにおそわれた。四〇度の熱があったらしい。胸に影があるとかで即刻、入院させられた。小さな町医院の二階、絵が趣味だという医者の奥方がアトリエとして使っていた部屋の窓側にベッド一つがもちこまれて、急遽、病室に仕立てられた。当時ではめずらしいフローリングの床だった。

他に病室はなかったようだし、トイレに行くときに廊下に出たが、そのときも他の入院患者に出会うことはなかったから、入院患者は這子一人だけだったように思う。しかも、毎日、尻に刺される注射はストレプトマイシン。今から思えば、這子の病気は届けねばならなかった種類のものだったのかもしれない。しかし、そういう大仰な措置を、医者も母も望まなかったということだったのかもしれない。

それはそれ、這子は入院生活を楽しんでいた。天井から下がるカーテンで仕切られた部屋の片側に、奥方の作品がしまわれているというので、好奇心に勝てず、そのカーテンのあいだから一度だけ、いや、二度、三度、覗いてみた。一〇〇号はあるカンバスがいくつも重ねて立てかけられていた。おそるおそるカーテンのなかに入り、カンバスをずらして絵を見ようとしたが、少しでも動かしたら、バランスを失ったカンバスの山は音をたてて崩れそうだったので、絵を見るという好奇心の発露だけは断念した。

絵をぬすみ見るという冒険心を断念した這子の日常は、ただただベッドに横たわっていることだけだった。検温とストレプトマイシンの注射と、そしてベッドに横たわっていることに終始したが、けして飽きることはなかった。横になっているから窓から見える景色は空しかなかったが、止まることのない雲の流れは、這子にとってカンバスを眺めるのと同じだったからである。カーテンで隠されたカンバスの山とベッドだけの病室に、這子は昼も夜もいつも一人だったが、恐いとも寂しいとも思ったことは一度もなかった。

もちろん、大好きな母がいてくれたらうれしかったが、母にはおとなしくて手のかからない這子よりも、もっと手のかかる大きな人がいたからである。気難しい姑つまり祖母である。這子が小学校にあがるころから祖母は婚家先の家で助産院をしていた。赤ん坊は生まれてくるのに助産婦の都合などかまっちゃいない。だから、時を選ばず祖母のもとに呼ばれていた母は、這子がもの心つくころから不在のほうが多かった。

憶えているのはシーンと静まりかえった朝の目覚めたときの寂しさである。包丁がまな板を叩く音が台所から響いてこない。それでも、もしかして母はいるかもしれないと、ぱっと布団から出て台所へ走る。ああ、やっぱり母はいない。冷ご飯に昨晩の味噌汁をかけて口のなかに押しこみ、学校へと走る。

さて、ベッドに横たわり窓から空を見るだけの日常は夏休みが始まるまで続き、退院後は夏休みじゅうパジャマのまま家のなかで過ごし、学校にもどったのは二学期になってからであるから、結果的に、這子の五年生生活は二学期から始まったことになり、一つの学期まるまる学校とは無沙汰したわけであるが、学力的にはなんら支障はなかった。

それはそうとして、ここにおける主人公はリリーである。退院した日、久方ぶりに家の玄関に足を入れたとたん、奥から大きくなったリリーが勢いよく駆けより、這子を歩かせないほどに足に執拗に絡みついてきた。しかも、興奮しておしっこをちびり放題。犬だから「首ったけ」ならぬ「足ったけ」というところだろう。そういえば、母にたのんで、入院中に一度だけリリーを連れてきてもらったことがある。そのときもリリーは這子に足ったけだった。退院したことに関してはさほどの喜びはなかったが、家でリリーといつもいられることはうれしかった。

しばらくして身体が大きくなったリリーは家から外に出され、勝手口の横につながれた。それからは這子のほうから、リリーにじゃれつきに行くようになった。リリーは大きくなっても子猫のように這子と遊んでくれた。だから家のなかで退屈すると、這子はリリーのところに行き、気がすむまでじゃれ合った。

あるとき、リリーと遊んだのち家のなかにもどってすぐに、表の店のほうから「ああ、リリーが死んじゃったよー」という大声が聞こえてきた。「紐がほどけちゃってたんだねえ」という声も聞こえてきた。びっくりして、いつもリリーがつながれている場所に行くと、木の幹につながれた紐の片方が解かれたまま虚しく横たわっていた。

リリーが死んだのは這子のせいだった。這子とじゃれまわっているうちに、首輪につないであった紐がゆるくなってしまっていたのであろう。自由になったリリーは道路にとび出して、そのとたん、当時はめったに走っていなかった自動車にひかれてしまったのである。

ほどけていた紐に関して誰も話題にはしなかった。這子も何も言わなかった。非難の目にさらされたくないという微かな防御意識が作用していたような気がする。

おまえは見なくていいと、父がリリーの躯を裏庭に埋めてくれた。それを遠くから呆然と眺めながら立ちつくしていた。こころが痛んだ。しかし、その痛みを表現する言葉を、這子はまだ知らなかった。

赤茶毛の雑種中型犬、エス

リリーが死んで、どれくらいか経ったころ、四歳年上の兄と彼の友人の悪ガキどもがワイワイ騒ぎながら赤茶色の大きな犬を宮倉の家の裏庭につれてきた。すでに成犬になっていたのかどうか知らないが、初めて見たその犬は、這子自身が小さかったためか、恐くて近寄れないほどすごく大きく感じられた。兄が、「おとなしいから触ってみろ」と言ったが、這子はただ見ていることしかできなかった。友人たちは、どこそこの犬だとか言っていたが、そのどこそこを知らないから、這子にはその犬の出所を知りようがない。どこの犬なのか、どうして連れてこられたのか知らされないまま、この家で飼われるのは決まっているという感じで、友人たちは犬だけを置いて帰り、そして兄は、「名前はエスだ」と言いのこし、さっさと友人たちを追いかけていってしまった。

裏庭に大きな犬と置き去りにされて、這子は途方にくれた。表の店には職人さんたちはいたが、仕事をしている人たちに助けをもとめるわけにはいかない。犬の首には汚れた首輪はついていたが、そこに紐はついていなかった。這子は遠くから、おそるおそる「エス」と呼んでみた。すると、エスは這子のほうを見て、首をかしげ、ニコッと笑った。まさか、犬が笑うわけはないが、這子はそう感じたのである。それからおそるおそる近づくと、エスはふいと立ちあがり、ビビる這子の足もとに来て腰をおろした。そのときから、這子とエスとの相棒関係が始まったのである。

エスは生まれたときからそこにいたかのように、すぐに宮倉の家になじんだ。というよりも、常にかまってやる這子になじんだのだろう。誰もエスに紐をつけなかったから、エスは常に自由で家の周辺のどこかにいて、這子が呼べばすぐにすっ飛んできた。飼い犬がふらふらと自由にそこらへんを歩いていたら、今なら問題になるところだが、当時は普通のことだった。家の前の砂利道がいつアスファルトに変わったのか憶えていないが、当時の道路はオート三輪車がたまに走るぐらいで子どもたちの遊び場になっていたからである。犬がそのへんをふらふらしていても、誰からも文句がでなかった時代だった。

エスは、這子が外に出ると、どこからともなくやってきて、どこに行くにもついてきた。放課後の運動場へ行くときも、土手道を自転車で走るときも、近所の八百屋さんや魚屋さんにお使いに行くときも。そんな相棒がいることはうれしいことだったが、さすがに、朝、学校に行くときは困った。朝、玄関を出ると、頼みもしないのに、エスコート役のような顔をして待ちかまえていて、尻尾だけではなく下半身全体をうねうねと揺らして、行こう行こうと控えているからである。たいていは、途中で「帰れ」と言えば、帰ったが、たまに学校までついてくることもあった。それでも中学校まではよかった。徒歩通学だから、ついてきても校門のところまでか、運動場までである。そのあたりの探索に飽きれば家に帰ったからである。

とにかく見目麗しくない犬だから、近所で遊ぶぐらいならいいが、学校にまでついてきてほしくなかった。学校のみんなに這子の犬と思われたら恥ずかしいことこの上ない。

夕方もため息ものだった。這子の帰りを家の玄関先でおとなしく待っていればいいものを、鼻が利くぶん、這子が角を曲がったとたん遠くからでも這子をみつけて、喜びを下半身全体で表明しながら走ってくる。かっこ悪いから、なおのことその姿が怪しげなのである。これほど、飼い犬から愛されることはうれしかったが、這子が高校生になり、列車通学するようになると、この愛事情に変化が起きた。

ある朝、駅構内で列車の到着を待っていると、見たような犬が構内を人探し顔で歩いている。うそー、もしかしてエス？　うそー、やっぱり、エスだあ！　いつものように途中で帰ったかと思っていたエスが、こっそり尾行してきていたのである。今にも這子を見つけて駆け寄ってきそうな様子だったが、そのとき列車が構内に入ってきて、ドアが目の前で開いたので、とっさに乗ったら、最悪のことに、エスも乗ったのである。一つ隣のドアから入ってきたエスは、這子をみつけて、下半身をくねくねさせながら近づいてくる。

このままエスと一緒に列車に乗り続けていくわけにはいかない。衆目を集め、車掌がやってきて、叱られたあげく、次の駅で一人と一匹は降ろされるだろうし、犬のぶんの乗車賃も請求されるかもしれない。高校生のころの這子は現金なんて持ち歩いていない。とっさにドアが閉まる前に列車から降りた。エスだけ列車内に残ったら困るところだったが、そんなこと考える暇もなかった。幸いにエスも降りてきたから、首輪をとっさに掴んで、きょとんとしている駅員さんをしりめに、「すみませーん！」と改札口をもぐって駅から出た。

すでに学校に遅刻する覚悟はできていた。エスを家に閉じ込めるために、いったん家にもどらなければならず、徒歩八分ぐらいの距離を家まで再度、足早に歩く。もう、いいかげんにしてよねと、ぶつぶつ文句を言いながら歩くセーラー服と、その後ろをさもうれしそうに跳ねながら歩くけったいな犬という図である。そろそろ家というところで、どうかすると逃げそうになるエスの首輪をだましだまし掴んで、玄関の土間にとじこめ、這子は駅まで全力疾走。しかし、もともとスポーツ音痴の這子、すぐに息切れた。

登校のさい、エスを土間に閉じ込める作戦はすぐに成功しなくなった。這子の手口を知ったエスは、這子が近づくととっさに逃げ、けして首輪を掴ませない。ときには「おい、エス来い」と怒鳴り、ときには、「エスちゃんいらっしゃい」と猫なで声を出すが、敵のほうが一枚上手、下半身をくねらせながら、近づいてくるふりをするが、這子が手を伸ばすと、ふいと身をかわす。

それでも、どうにかしてエスをつかまえて、玄関に閉じこめ、ひたすら駅まで、息を切らしながら走る日がどれくらいか続いて、あるとき、玄関先にエスの姿が見えない朝があった。さすがにエスもついてくるのに飽きたのだろうなと思って、久しぶりに余裕をもって駅への道を歩いていた。しかし、駅まで半分ぐらいというところで、なんとなく嫌な予感がして後ろを振りかえった。唖然とした。やはり、嫌な予感はあたったのである。エスは這子に気づかれないように距離をとりながら、ついてきていたのである。

大分遠回りになるが、ちょうど横道があったので、エスに気取られないように、その角をついと曲がった。途中何回か振りかえったが、エスはついてきていない。しめしめ、感づかれなかったかと一安心。しかし、それもつかのま、エスはなんと、行き先の大通りに出る角で待ち伏せしていたのである。

朝になってあたふたしないでも、晩のうちに、エスを閉じこめておけばいいだろうという意見もあろうが、意識して憶えているわけではないが、そうできなかったのであろう。エスは外という暗黙のきまりが家人にあり、そのことに誰も違和感を憶えなかった、おそらく、そういうことだったのだろうと思う。

かといって、毎朝、エスとの遊びにつきあっていられるわけがないから、結局、這子は紐をつけて、エスから自由を奪った。

小さいころ、かまって欲しいのは這子のほうだったから、エスは幸せだったかもしれない。憶えたての自転車で放課後のグラウンドや、風をきって土手を走るとき、這子は相棒の存在を心から楽しんでいた。退屈なときはいつでもエスを呼べばよかった。エスは忠実に遊びの相手をしてくれた。しかし、這子が大きくなって、他のことに熱中するようになれば、エスの存在価値はうすくなる。しかも、ちょうど家にテレビが入ったころである。犬と遊ぶよりもテレビを見るほうが面白い。

そんなこと、エスに理解できるわけがない。今までと同じように、いっしょに遊びたいだけなのに、ストーカー扱いされ、うとましく思われる。たとえ犬でも裏切られた思いで心が痛んだにちがいない。自由をうばわれた彼はすっかり落ち込んで、次第に元気をなくしていった。紐につながれ、やせほそった身体全体を地面にふせて、エスと呼びかけても、立ち上がりもせず、尻尾もふらず、目だけを上に向けるだけのそっけなさだった。

家に来てから一度も紐につながれたことがないエスは、よく言えば自由な生活を謳歌していた。しかし悪く言えば、放っておかれたということである。ご飯だって、今のように栄養のバランスがとれたドッグフードがあったわけではなく、朝晩、冷や飯に味噌汁の残りをかけただけのものを与えていただけで、ときには、それさえもなかったときだってあったかもしれない。いったいエスはどこで用を足していたのだろうか。どうやって雨をしのいでいたのだろうか。エスを思いだすとき、今さらながら、この「どうやって」が多すぎることに気づく。そんな具合だったから、エスの最期に関しては、這子の記憶のなかで消息を辿ることはできない。くわえて、這子自身が高校を卒業して専門学校へ通うため、宮倉を離れたことも大きな一因である。あとから聞いた話によると、エスは近所に居を構えていた親戚の池田家に自ら移り、そこで最期をとげたらしい。

思いかえすと、物心つきはじめから這子と常に一緒にいてくれたエスは、ある意味、友人以上の存在だったといえる。這子は小学生であった六年間を通して友人らしい友人はいなかった。欲しいと思ったこともなかった。事実、小学校のときの教師や同級生の名前を一人として憶えていない。中学、高校では二〜三人の友人はいたが、接触がない同級生に関しては名前と顔が一致しない。今も名前を憶えるのが苦手だから、自己診断すると、這子は人間に対して興味がないのだろう。といっても、これは人間嫌いを意味していない。ただ、人間に対して淡白なのであろう。だから、この歳になった今でも、犬のリードを握っている飼い主よりも、リードの先にいる犬に視線が向き、その名前を訊いたりする。

這子は精神的にエスから多くをもらった。ある意味、常にそばにいて育ててもらったようなものかもしれない。高校生になったとき、駅までついてきて電車に乗ったのも、〈最近、遠くへ通っているようだけれど、どこに行っているのか心配だよ〉と、逗子をガードしてのことだったのだろう。思いかえせば、生涯で一番、逗子のことを無条件で愛してくれたのはエスだったのかもしれない。

しかし逗子はエスに何もお返ししていない。今になって思う。あのとき、つながれたエスの紐をといて、「ねえ、散歩に行こうよ」と声をかけていたら、エスは尻尾をふって、応えてくれただろうか。

白猫のクリ

次に宮倉の家にやってきたのは白猫のクリであるが、どこからやってきたのか、いつやってきたのか、記憶は定かではないが、クリという名前から考えるに、東京の専門学校の友人からもらい受けたのかもしれない。なぜなら、逗子にクリというニックネームをつけたのは東京の友人たちだからである。よって、もらい受けた猫にもクリと名付けた。そんな経緯だったのかもしれない。

話は前後するが、東京からもどった逗子は、宮倉の家で家事手伝いをしていた時期があった（事情は76ページ）。その仕事のなかに買い物があった。当時は大型冷蔵庫やスーパーマーケットなどという便利なものが出回る少し前で、庶民のあいだでは買い物は毎日の日課だった。クリのことでよく憶えているのが、その買い物に彼がときどきついてきた光景である。

宮倉の家から、肉屋や魚屋そして八百屋が点在していた大通りまで、たぶんに大人の足でも五～六分はかかった。その道のりをクリはついてきたのである。ただし、さすがに犬のように人間と並んで歩くことはできず、家並みの塀伝いに逗子の姿を見失わないようについてきたのである。

そもそものきっかけは、買い物かごをさげて家を出るさい、クリの姿が見えたので、「いっしょに来るかい？」と声をかけたことからはじまった。「ミャオー」と答えたかどうか、振り向くとほんとうについてきていたからびっくりした。大通りに出る四つ角の手前までは問題はなかった。自動車が走る大通りはそうはいかない。これ以上は一歩も前に進めませんという風体で、尻を塀の際にぺたんと落とした。

「じゃあ、ここで待っててね」と言ったものの、もとよりクリが待っていることを期待していたわけではない。かれこれ二〇分ぐらいはかかったであろう、買い物をすませて同じ場所にクリを見つけたときは、またまたびっくりした。「あーら、あんたほんとうに待ってたんだ」と近づき、腰をかがめると、ミャオーとひと鳴きして、身体を這子の足首にこすりつけてきた。クリに言葉が話せたら、さしずめ「それはないよ、待てと自分で言っといて。それにしても、あんたずいぶんと遅かったなあ。待ちくたびれたから、抱っこしろ」とでもなろうか。

そんなこんなで、それからの買い物帰りは、その日の惣菜の材料の重みに猫一匹の重みが加わることになったのである。

クリと這子との買い物ついでの散歩が日課になってからしばらくして、次なる就職先が見つかった。いや、能動的に見つけたのである。このまま、茶道、華道等と、花嫁修業を経たのち、親の眼鏡にかなった人と結婚する、なんて道は這子の選択肢にはなく、家を出る口実のための就職である。その就職先は三島駅から在来線で二時間程度はかかる静岡市にあり、その時点で這子は宮倉の家を出た。

それからしばらくして、両親は宮倉の家から徒歩で一五分ほどの旧・伝馬町に新しく家を建てて引っ越したり、宮倉の家には兄夫婦が移り住んだりと、クリにとってはあまりありがたくない出来事が続いた。クリは当初、両親とともに新しい家に移ったが、古巣がよかったのだろう、いつのまにか宮倉の家にもどっていたらしく、日曜日ごとに両親のところに帰っていた這子だが、新しい家でクリの姿をもはや見ることはなかった。クリの記憶があまりないということは、そのへんの経緯にあったと思う。

その後、クリには二度会っている。一度は兄夫婦が住んでいた宮倉の家で、二度目は路上で。路上のぶんは相手が猫だから、「ちょいと、クリ、おまえ、こんなところまで遠出して、いい女でもできたのかい？」などと、問いただしたところで、まさか、「おや懐かしい、久しぶりだねえ」などと答えるわけがない。だから、路上の逢瀬にかぎっては、あの猫がたしかにクリだったという確証はない。

一度目は、兄夫婦に赤ちゃんが生まれたと聞いて、宮倉の家に生まれたての姪の顔を見に行ったときのことである。座敷に寝かされている赤ん坊の顔にも見あきて、義姉のかわりにお茶でも煎れようと勝手知る台所へと立った。たぶんにそんな段取りだったと思う。「あーら、クリ、久しぶりだね。そんなところにいないで、こっちにお上がりよ。ここはおまえの家なんだから、遠慮しないでー、ほらー」とか、なんとか、呑気に声をかけたに違いない。しかし、クリは上がってこなかった。どんなに誘っても、クリはけして土間から上は上がろうとはせず、上がり框の柱に身体を擦りつけて弱弱しく鳴くばかりだった。

「赤ちゃんがいるから、猫は上げないようにしたのよ」

座敷からの義姉の言葉ですべてを理解した。

そんなことがあってから半年あるいは一年ぐらい経ていただろうか、ある日、旧・伝馬町の家から宮倉の兄夫婦のところへ行く途中、いやその反対だったかもしれない、いずれにしても、その道すがらクリらしき猫に行き逢ったのである。

旧・伝馬町の家と宮倉の家とを往来するとき、這子は好んで路地裏通りを歩いた。日は傾きかけていた。片側は路地裏特有の家々が建ちこみ、その反対側は寺と墓地を囲む長いブロック塀になっていた。生活の道具類が家の外まではみだし、生活臭や生活音が外までおよぶ。ふと、生活音のほうに顔を向けると、家のなかの人と眼があったりして、こちらがどぎまぎしてしまう。路地裏とはそんな人間臭い場所。そこを長くのびた自分の影に案内されながら歩いていると、這子を横合いから呼びとめるものがいた。猫である。

「ミャオー」

見ると、全身薄汚れた猫がブロック塀の上にいた。立ち止まると、またミャオと鳴く。奇妙なことと思いながらも、すぐにはその猫とクリとはむすびつかなかった。というのは、そのときは、クリが兄夫婦のところから姿を消してから大分月日が経っていて、戻ってこないのは、おおかた、恋人あさりにでも出かけたさいに自動車に轢かれでもしたのだろうと、みんなして納得してしまっていたからかもしれない。

しかし、どこか面影がクリに似ていたなあと、見知っているから呼びかけてきたのじゃないだろうかと、はて、もしかして、あれはクリだったのではないかしらんと思いいたったのは、しばらく歩いてからであった。あわてて振り向いた。

さきほどの猫は塀から跳び下りて、長い影を引きずりながら、尻をこちらにとぼとぼ歩いていた。そして数歩、つと立ち止まって、顔だけをひょいとこちらへと向けたかと思うと、口腔を大きく開けた。あくびかそれとも何か言ったのか、鳴き声は届かない。そののち再びゆっくりと歩きだし、長い影といっしょに軒下へと消えていった。

その猫がクリだったのであれば、何かを言いたかったに違いない。

その言葉は……おまえもいずれ忘れ去られる……だったかも。

そうだったら、まったく、当たっている。

宮倉の家はいつしか跡形もなく壊され、もはや、這子を憶えている人は誰もいない……。

エピソード棚卸し

ここでは、這子の認知システムを形成したであろう生育環境におけるエピソードのいくつかを記憶の棚からおろすことにする。

自己存在の消去

癇癪持ちで切れやすい父と、忍耐強い母、四歳上の兄、そして這子という家族構成のなかで、這子は育った。しばしば父から鉄拳をもって叱られていた兄から、「おまえはとうさんにかわいがられているから得だよな」と言われたことがある。たしかに這子の人生で父から叱られたことは、あとに記すことになる一回限りのビンタしかない。

しかし、そうであるために、這子がそれなりの努力をしていたことを誰も知らない。幼いころから、父が母に暴力をふるう光景を見てきた這子は、父を好きだと思ったことは一度もなかった。父がいると家の空気が重たく、息苦しい。家のなかに父がいないことをいつも望んでいた。しかし、その願いとはうらはらに、会社勤めをしたことがない父は在宅していることが多かった。母が家のなかの空気を和ませ軽くする緩衝の役目をしていたから、母が在宅しているときは、父の存在は気にならなかったが、母が不在のときは、父から受ける無言の圧迫感は相当なものがあった。だから、家のなかで父と二人だけのときは、彼の視界から遠ざかって彼の関心が這子に向かないように、息を殺しおとなしい子にしていたのである。叱られる原因をつくらなかった這子は当然に、傍目には、兄が評するように、「気難しいおとうさんからかわいがられる稀有な子ども」と映っていたようである。好きではない父がいつも家にいるからといって、這子自身が家に寄りつかなかったというわけではなかった。這子は母が大好きで、母のいる家が好きだった。母の息遣いが感じられる家が好きだった。父が住む家に這子が寄りつかなくなったのは四〇歳のとき、母が死んでからである。それまで父とうまくおりあっていたのは、家のなかの平和を何よりも願っていた母を悲しませたくない、ただそれだけの理由だった。

生きものの死

家のなかの空気は父の機嫌次第だったが、家に小動物や猫犬がいることには寛大だったのだろう。兄がニワトリやウサギ、それに伝書鳩も飼っていたことがある。伝書鳩は人に譲ったのか、飛んでいってしまったのか、いなくなったときの記憶はないが、ニワトリやウサギに関しては鮮明にある。どちらが先に飼われていたのか記憶にないが、近所を徘徊するノラ猫の餌食になったのであろう、朝起きると、勝手口脇に置いてあった手作りの木製小屋のなかには羽根だったのか毛皮だったのか、それらしきものが無残に散らかり、前面の格子枠には、血のようなものがこびりついていた。ウサギもニワトリも兄のもので、兄の管轄下で飼われていたので、猫の手が入れないぐらいの狭さに格子枠を作らなかった兄が叱られていた。這子は、兄から強制的に餌になる草を土手まで刈りに行かされていたので、これで行かずにすむと解放された気持ちがよぎったことを憶えている。そして、そんなふうに思った自分がいることにびっくりした。

同じころ、這子が関わった死は猫の死である。その猫の記憶は死にそうな場面から始まっている。その猫がいたのはリリーやエスよりも大分以前のことである。その猫がどんな風体だったか、何と名づけたのかも憶えていないのは、這子自身が幼かったこともあるが、家族の一員になってすぐに死んでしまったからだろうと思う。夜のとばりに包まれた勝手口で、鳴き声もあげずにぐったりとしているその猫の横で、ときにさすりながら、途方もなく見守っていた。勝手口の引き戸を開けて帰ってきた父が、「どうした、病気なのか」と訊いた。這子は頷いたが、父がその猫のために何かをしてくれるとは予想していなかった。しかし、父は猫を抱いた這子を自転車の後ろに乗せ、夜の道を犬猫病院へと走ってくれた。どこの犬猫病院も閉まっていたが、その一つを父は強引に開けさせた。医者と父が何を話していたか知らない。猫の病気の診たてが何だったのかも知らない。医者は猫の尻に大きな注射を一本打って、「ここをよく揉んでやるんだよ」と、ぐったりとした子猫を這子の腕のなかに返しながら言った。注射を打たれた尻のところが大きくプヨンとふくれていた。

家に帰ってきてからも、長いこと揉んでやったが、そのプヨンがなくなることはなく、猫はますます弱まっていった。すでに猫自体に薬液を吸収する力がなかったのだろう。うじうじといつまでも猫のそばを離れない這子に、父は怒ったように「もう寝ろ」と言った。翌朝、目覚めて勝手口に行ったら、猫は同じ場所で硬くなっていた。その夜の光景のなかに母の姿はない。おそらくお産の手伝いで祖母のところに行っていたのであろう。

父の優しい一面を見た記憶は、そのときと、リリーを黙って弔ってくれたときだけであったが、それら二つの光景のなかの幼い這子が父に対して覚えた感情は、もちろん感謝の思いはあったが、どちらかというと、「おとうさんは、こんなに優しかったっけ」という「なぜ？」「不思議」という強い違和感だった。

台風の夜

これも何歳のときか憶えていない。あるとき大きな台風がやってきた。雨風ともに激しくトタン屋根と木枠窓の家はガタガタと震え、家の前の側溝の水は溢れながら、ごうごうと音をたてて流れていた。そのとき、這子以外、家には誰もいなかった。母はお産の手伝いで祖母の家、父や兄はいつものように出たら出っぱなしの風来坊である。夜になっても誰も帰ってこない。不思議と恐怖感はなかった。母が不在ならば、父と二人よりも嵐の到来のほうがまだましだったからである。その晩はランドセルを枕元に、そして寝巻の上にレインコートを着て布団にもぐりこんで寝た。嵐の夜、レインコートを着込んでぐっすり寝込んでいる子どもの姿を、父と母のどちらが先に帰ってきて目撃したのか知らないが、その出来事をネタとして、這子は後々までからかわれた。子どもという生きものは、嵐の夜に一人ぼっちで置かれたら夜通し泣きあかす、というのが大人たちの認識だったのだろう。

人形

　ある夏祭りの宵、どういう風の吹きまわしか、父が這子を夏祭りに誘った。父とふたりきりで出掛けるのは、気がすすまなかったが、母の「行っておいで」という言葉におされた。神社の構内にはガス灯に照らしだされた露店が建ち並び、浴衣を着た大人や子どもたちで賑やかだった。いろいろのおもちゃがところ狭しと並んだ露店の前で父が、人形が欲しくないかと訊いてきた。そのときの父はお金をたくさん持っていたのだろう、買ってやるから好きなのを選べと言った。這子はどんな人形も欲しくはなかった。しかし、いらないと言えば、「かわいげがない子どもだ」と父の機嫌を損なうであろうことはわかっていた。しかたないから、一番小さくて安そうなものを指差した。そんな小さいのでいいのか、あの一番大きいのでも買ってやるぞと、父は言ったが、這子は首を横に振った。家に帰ってから、父は「あんな小さい人形が好きだなんておかしな子だ」と、母に言いつけ、その母は這子に、「遠慮しないで、一番大きいのを買ってもらえばよかったのに」と、どこか投げやりに言った。

　もう一つ、人形の思い出がある。這子が風呂釜の焚口で火をおこしていると、母が大きな風呂敷包みを大事そうに抱えてもどってきた。それを、台所の横の三和土で開けると、昔はさぞかし立派であったろうと思われる、御殿とひと組の内裏雛が出てきた。祖母方の親戚からもらってきたと言う。どことなく重厚な趣を持つ雛だったが、何しろ古かった。御殿は数ヵ所崩れていたし、雛は黒ずみ、相当傷んでいた。母はしばらく、それらをていねいに並べて眺めていたが、突然それらを火がたちはじめた風呂釜へと勢いよく投げ入れていった。それらは炎のなかでポンポンと音をたてながら踊り、そしてたちまちにして燃え尽きた。びっくりして見ている這子に、母はお雛様が欲しいかと尋ねた。今ならなんとか買ってやれるとも言った。ほんとうに欲しくなかった這子は要らないと答えた。それから十数年たって、母は孫娘のために、大きな内裏雛を買った。

当時のことをふりかえってみると、這子は人形には興味がない子どもだった。あの夏祭りの夜、幼い這子が思っていたことは、「そんなお金があるのなら、人形を買うよりもおかあさんにあげてちょうだい」だった。しかし、その母が「一番大きいのを買ってもらえばよかった」と言ったので、子どもの心、母知らずと、そのときは少しがっかりしたが、今になって母の気持ちを察するとわかるような気がする。父は自分で稼いだ金は自分のために使い、生活費として母にあまり渡していなかったようであるから、父が這子の人形のために散財しようとしまいと、母の懐とは関係なかった。だったら、娘に人形ぐらい買ってやれというのが母の気持ちだったのであろう。

雛人形の一件のときは、どんなことがあっても冷静で感情をむきだしにした母の姿を見たことがなかったので、雛を次々に焚口に投げ入れる母の姿に抑制された怒りのようなものを見て圧倒された。誰に、あるいは何に向けられた怒りだったのか……。

雛祭りに雛を飾れる財政の家もあれば、そうでない家もある。他家のすばらしい飾り雛を見るだけなら、単純に羨望と称賛の感情だけである。しかし、祖母方の親戚からほどこされた無残なほどに痛んだ中古雛は母の心を無残なほどに傷つけた。おそらく、風呂敷包みをあけたときの母の様子から察するに、母はいたくありがたがって、その風呂敷包みを押し戴いてきたのだろう。しかし、開けた母の失望は大きかった。いや失望だけではない、侮蔑された怒りでもあろう。施しとみせて、実はさげすみである。ゴミのようなものを喜んでもらってきた自分への怒りもあったのかもしれない。

お金

家にはお金がないというのが、幼いころの這子の認識だった。だからか、お金は大切なものと思っていた。あるとき、父が訊いた。「命とお金とどちらが大切か?」と。「命」という言葉の意味を知らなかった這子は「お金」と答えて、後々までからかわれたことがある。

　欲しいものがなかったせいか、盆、正月の小遣いや稀にもらうお金を這子は使わなかった。少ない金額だったが、陶器製のブタの貯金箱に、五円、一〇円と溜まっていった。ときどき軽く振ってはずっしりと手ごたえのある音を聞くのが好きだった。

　四歳年上の兄は男の子どうしの遊びに忙しくて、這子はいつも置き去りにされていたのだが、その日はめずらしく妹を三島大社の夏祭りに誘った。這子は母からもらったわずかな小遣い銭を握りしめて兄のあとを歩いた。境内は賑やかさと楽しさで満ちていた。その日の兄はいつになく優しく、自分が買いたい物をみつけたときは必ず妹にも欲しいかと訊いたし、自分が食べるときは妹の分も買った。見たり、食べたりと露店が並ぶ境内を一周すると、兄は先に帰っとけと、さっさとどこかへ行ってしまった。兄と遊んでもらったことがなかった這子は、ひょいと置き去りにされても、一人家に帰ることになっても、特別に意に介さなかったが、家に帰って残った小銭を入れようと貯金箱を持ちあげたとき、その軽さに兄の魂胆を知った。妹のために妹の金を使う。どうりで、気前がよかったわけである。その後、どういう展開になったのかは憶えていないが、割らなければお金が出てこない陶器製の貯金箱から、兄はどのようにして小銭を出したのか。狡猾かつ巧妙な手口を知って妙に感心したことがある。

　兄に猫糞《ねこばば》されたあとも、貯金好きという這子の習性は変わらなかった。この習性が後々の這子を助けたことは言うまでもない。

給食袋

　小学校では給食だった。といっても今のおいしい給食を想像してもらったら困る。それはそれとして、給食費を入れてきなさいと、月に一度、給食費袋を渡された。六年間ものあいだずうっとではなかっただろうが、その給食袋が大嫌いな時期があった。支払い期間は、袋を渡されてから一週間以内だったように憶えているが、家庭事情により、担任から渡されてすぐに提出できる生徒もいるが、できない生徒もいる。這子はできないほうの生徒だった。ときには期限内に出せないこともあった。しかも、徴収は朝一番のホームルームの時間、生徒たちの前で行われていたから、這子の遅滞は隠しようがなかった。その袋を母に渡すと、とうさんからもらいなさいと言われ、父に渡すと、かあさんに入れてもらえと言われる。結局、期限ぎりぎりまでには母が入れてくれたから、給食の無賃飲食をしたことはないが、食べないですむなら、それに越したことはないぐらい、這子は給食が大嫌いだった。パサパサしたコッペパンと脱脂粉乳がおもな当時の給食はほんとうにまずかった。鼻をつまんで、あげそうになりながら、脱脂粉乳を口に流し込みコッペパンを三分の一ほど、やっとのことで食べた。持って帰る残りのコッペパンはいつも、母が砂糖をつけて食べていた。

初めての本

文字の読み書きを憶えたのが、いつだったのか、はっきりとは憶えていない。昔は小学校にあがって初めてひらがなを教わるというのが通常だったので、おそらく、そのあたりであろう。

部活動に参加しなければならない小学高学年になったとき、運動が苦手だった這子は図書（読書）部に入った。図書部に入って何をしたという記憶はないが、何もしなくてよかったから、図書部に入ったのかもしれない。ただ、本を借り出して読んだことは憶えている。どれくらいの本を借り出したかは憶えていないが、強烈に憶えている一冊がある。

ジャック・ロンドンの『白い牙』である。狼と犬の血を引き継いだ「白い牙」と名付けられた賢い狼犬の物語である。「動物といえどもなぜに理不尽なめにあわなければならないのか」と、這子はその狼犬に強く感情移入した憶えがある。

小学校の図書館の棚から「読んで」と這子に呼びかけた『白い牙』は、六〇年の月日を超えて、某図書館の原書本の棚から「ぼくだよ、ぼく、憶えている？　白い牙（ホワイト・ファング（white fangs）だよ、ほら読んで」と這子に再び呼びかけたのであった。

こういう本との出会いかたもある。

変身

這子の思春期は、まあまあ平凡な日々の連続だったといえよう。それでも、中学一年生になって早々に、大きな変化が二つあった。一つめは、一重まぶたが、片方ずつではあるが、完璧な二重になったことと、二つめは中学に入ってすぐに行われた実力テストで一学年生徒五〇〇人ぐらいのなかで、学年四位という結果がしめされたことである。

両者ともに這子の自信に大きな影響を与えた。

這子自身は実力テストの結果に対して格別な驚きはなかった。なぜなら小学校のときの授業はほとんど理解していたからである。しかし、一重まぶたが二重に変わったことは、女の子である這子にとっては画期的な出来事だった。他の部品がまともなら一重まぶたでもかわいいが、幼いころから鼻ペチャと言われ続けていた顔にとって、まぶたが一重と二重とでは美醜に大きな差を生じるからである。

小学生のころ、学期が終わるといつもきまって、這子ちゃんの成績はどうだったと、二軒先の隣のおばさんが訊き、母が這子にかわって、この子はいつも普通よ、と答えていた。そんな光景の片隅にいて、違うんだけれどなぁ、と這子はいつも思っていたが、子どもは反論しようにも言葉を知らない。担任がその権威力をもって這子に貼ったレッテルを剥がすほどの言語力は、まだなかった。

そんなわけで、実力テストの結果にびっくりしたのは本人よりも中学校の教師たちだったかもしれない、這子の周りをとりかこむ風模様がなんとなく変わったことは肌で感じた。小学生のときの這子の成績はどの教科も常に、五段階の「三（ふつう）」だったからである。ある中学教師などは「頑張ったら変われるんだぞ！」などと這子を引き合いに教室で言っていたが、変わったのは這子自身ではない。中学生になってからのテスト結果の数値が小学校担任の恣意的評価にとってかわっただけである。

それも仕方がなかったのかもしれない。小学生のころ手をあげたことは一度もなかったからである。教室で目立たない這子はまさに「普通」という評価がふさわしかったのであろう。ちなみに、他者による評価ほど危ういものはないが、何の世界でも、大抵の評価は他者によって行われているのが現状であるが……。

実は、一度だけ挙手したことがあった。どういう経過があって担任がその質問をしたのか憶えていないが、彼女は「花嫁はどうしていつもうつむいているのでしょうか」という質問をした。誰も手をあげなかった。這子は手をあげて答えたが、教師は即座に、違いますと否定した。

そのころ、花嫁は嫁いでくると、仲人婦人にともなわれて、打ちかけ文金高島田の姿で嫁ぎ先の近所の家を一軒一軒挨拶して回っていた。家から家に移動するさい、どの花嫁も下を向いてしとやかに歩いていた。近所の子どもたちはわいわいとはしゃぎながら、美しく着飾った花嫁の後ろをついてまわった。ときに、悪ガキが花嫁の顔を下からのぞいていたりもした。花嫁というものは、なぜ、常に下を向いているのか、転ばないためなのか、それとも他に理由があるのかと、這子は強く疑問に思った。そこで、母に訊いたのである。「花嫁さんはなぜ、下を向いているの？」と。母は「鬘がすごく重いのよ」と即座に答えた。母の答えは、後年這子が実際に経験したことからも当たっている。

母は客観的に物事の本質を見極める頭のいい人だった。這子が国語の教科書を音読しているとき、読めない新しい漢字のところで止まると、這子のそばで針仕事をしている母は、その手を休めずに、教科書も覗かずに、その読み方を教えてくれた。母はその漢字を見なくても、どんな漢字なのか文脈で理解できたのであろう。

ちなみに、そのとき担任が言った答えは、今の這子なら哄笑してしまうシロモノであった。そのシロモノとは、花嫁は夫である旦那さまと、これから親になるご両親にいかにしてお仕えしていこうか、素直に仕えてかわいがられる嫁になるようにと、懸命に考えているからうつむいている……とかいうものだった。まだ世の中の仕組みがわからない小学低学年生でも、嫁である母の理不尽な生活を幼いころから見てきた這子にとっては、彼女の言葉は嘘そのものだった。家に帰って、担任の言葉を母に伝えたら、母はいつものように、縫いものから目を外さずに、「先生は幸せなのね、きっと」と答えた。

そんなことがあってから、教師という者への不信ははじまったのかもしれない。とはいえ、まだ積極的な不信ではなく、消極的な不信だった。挙手してまでしてわざわざ答えなかったというだけで、授業をボイコットしたわけではない。学ぶことはすごく楽しかったからである。

以上の二つの変化は中学時代を楽しいものにしてくれた。小学生のとき楽しかった授業は、さらに楽しくなり、教師や友人から信頼され、しかも二重まぶたのおかげで、まれではあるが、かわいいと世辞をいわれることもあった。世辞とわかっていても気分は悪くはない。しかも、まずい給食がなかった。

失望と不信、そして自信喪失

中学時代とはうってかわり、高校時代は最悪だった。なにせ入った高校が悪かった。こう言うとおそらく袋叩きにされるだろう。その高校は地域で一番の歴史ある名門進学高校だったからである。在学中の生徒はもちろん、卒業生にとっても、その高校は誇るべきブランド学校である。特にその地域に根をおろして住んでいる卒業生にとっては、○○卒というコネクション環境が大きな生計的意味をもつ。したがってブランド学校は、けして貶されてはならない聖地なのである。たしかに、その高校の制服、あるいは校章がなんらかのオーラを発していたことは否定しない。その制服を着ていたときに投げかけられる尊敬と羨望の視線はそんなに悪くはなかったからである。

ではなぜ、最悪だったのか。ちなみに、高校進学に際して、逗子自身はその名門高校の一つランク下の高校を選んでいた。自転車で通えるからである。逗子にとっては高校の知名度よりも朝寝坊できることのほうが重要だったのである。しかし、逗子がそちらに行くと、落ちる子が一人出るということで、担任から名門のほうに行ってくれと頼まれた。今なら「ノー」と答えたところだが、当時の逗子には教師に逆らう選択肢はなかった。

そして、入学して一ヵ月ほどして気づいたのが、高校の知名度の高さとはうらはらに授業の質が悪かったことである。有り体にいえば、教師の質が悪いのである。ブランド学校名で優秀な生徒を集めているから、教師は生徒の理解力に頼り、教授法を工夫しない。授業はひたすら型どおりに教科書をこなすだけ。面白くもなんともなかった。

特にひどかったのが英語の授業だった。その教師は東大卒だといわれていたが、英語力があるとは思えないぐらいの授業のすすめかただった。その方法は、生徒に順番にワンセンテンスずつ教科書を訳させたあと、座ったまま、ちょっとした説明を加えるだけ。彼が立って黒板に何かを書いた姿を、少なくとも逗子が生徒だったときは、一度も見たことがない。訳も説明もすべて市販のアンチョコ（虎の巻）に載っていた。しかも、生徒が答える順番も席順と決まっていて、彼はけして、その順番方法を変えなかったから、自分が訳すセンテンスは前もってわかっている。したがって、逗子は順番がきたときアンチョコを読みあげるだけでよかった。それ以外は何をしていてもよく、本を読んだり、数学の問題を解いたりしていた。それでも逗子は真面目にそのアンチョコを機械的にひたすら暗記するべきだったと、大学受験期になって悔やんだかというと、そんなに悔やんではいない。意味や理由なしに闇雲に憶える丸暗記は苦手でもあったが、もともと大嫌いだったからである。

さて、教師たちに失望しながらも、名前ばかりの虚像高校に不信の念をいだきながらも、根が真面目な逗子はとにかく学校に通うことだけはやめなかった。勉学にも周囲の人間たちにも興味がなく、ただ通っていただけの高校生活だった。ただし本だけは読んでいた。

逃避

高校時代の歴史的な出来事としてはケネディ米国大統領の暗殺事件と東京オリンピックがある。衛星放送のさきがけとして日米間テレビ宇宙中継の受信実験で、ケネディ大統領がダラスで銃弾に倒れたその瞬間が、日本のテレビに流されたのが、逗子が高校一年生の一一月だった。そして、東京オリンピックがあったのが高校三年生の秋である。日本じゅうがオリンピックフィーバーのなか、貴重な三年生の時期をテレビ漬けで過ごしたことと、おそまつな英語の点数のおかげで、東京オリンピックがあった次の年、這子はみごとに第一希望の大学入試に失敗した。受験勉強らしきものは一切していなかったから、当然の結果だった。大学へは学びたい学問を学ぶために行くのであり、学歴のために行くのではないと、受験願書を出していた地方の国立大学の受験もやめ、東京にある某デザイン専門学校に入学した。まあ、一見高尚な理由で自分に言い訳したところで、逃げであったことには変わりはない。

デザイン学校も入ってからすぐに後悔して、一年浪人させてほしいと父に願い出たが、ビンタを一発食らって、陳情は終わった。這子の人生のなかで父から殴られたことはそのときかぎりである。すでに三畳一間とはいえ東京・原宿のアパートで独り暮らしを始めていたわけだし、デザイン学校の入学金やら授業料は払い済であったことから、父のビンタは当然だった。

ということで、そのデザイン学校に二年間通いグラフィック・デザインを学ぶことになったが、しかし、まじめに通いはしたものの、卒業証書は得ていない。そのときも、

「そんなものいらねえや」的居直りを発揮したのである。なんのことはない、卒業制作を期限までに出せなかった逗子の逃げであった。もちろん、このことを両親には言っていない。嘘も方便、知らないほうが幸せなこともある。

東京では、原宿に叔父が住んでいたことから、その隣のアパート三畳間に住んだ。アパートは、原宿駅竹下口から竹下通りを歩き、明治通りに出て、そこを横切り、少し行ったところにあった。当時の竹下通りは商店らしきものとしては八百屋ぐらいしかない閑散とした通りで、あの時代を風靡していたのは、夜になると、流行のファッションを身に着け、何かを求め、表参道に集まっては騒いでいた原宿族と呼ばれる若者たちだった。逗子も友人に誘われて表参道を闊歩してみたが、おのぼりさん丸出しの逗子は、闊歩も二～三回ぐらいだったろう。限られた仕送りでやりくりしていた身には、闊歩する軍資金がなかったとはいえ、おのぼりさんはおのぼりさんなりに、明るく輝く夜の別世界で刹那的な快感の香りに酔ったりもした。表層的には街も人も流行の先端の光や文化の香りを発し、刹那的にはそれぞれに輝き、楽しんでいるようには見えたが、それも夜が明けるまでだった。朝の光が射せば、虚しさだけが晒される。それが逗子が見ていた原宿族だったような気がする。

高校生のとき考えていた道とはそれたところで生きることになったが、しかし、デザイン学校に身をおいたおかげで、別の世界を知った。一つ目は、地方の進学高校ではけして知りえない斬新で自由闊達な友人たちに出会ったこと、二つ目は、創造的かつ芸術的な世界を知ったということである。よいとか悪いとかは別にして、違う環境に身をおけば見るもの触るもの、聞くものすべてが変わる。這子の核のようなものは変わりえなくても、いや、這子自身には計り知れないことだが、核そのものも多少は変わったかもしれない。

〈逃避〉は〈困難に立ち向かわない／頑張らない〉の代名詞のように悪者扱いだが、その反面は〈解放〉である。立ち向かったって、頑張ったって、どうにもならないこともある。徒労に終わって敗退し、立ち直れないほどに心身ともに疲弊するぐらいなら、最初から撤退〈逃避〉する道をとったほうが賢明であろう。まあ、怠け者の弁明ではあるが。

再び逃避

親からの仕送り期間が終われば、否が応でも生活費を得るために働かなければならない。新聞の求人欄に、働き口としてなんとなくいいかもと思ったのが芸術関連の小さな新聞社だった。採用条件である原稿用紙二枚程度の作文を送ったら、思いがけず採用された。誰も応募しなかったからなのかと思ったら、はっきりとは忘れたが、結構の人数が応募してきたと言われた。何を書いたのか忘れたが、〈もしかして、もしかして、文才があるのかも〉と、ちょっとだけ浮かれた記憶がある。

這子に任されたおもな仕事は都内の画廊巡りのようなものであった。各個展を覗いては評論を書くという仕事である。グラフィック・デザインをちょっとだけかじっただけの青二才に芸術がわかるはずもないのに、適当に文章を操り、よいの、悪いのと批評する。世の中を取ったような気になる。しかも銀ブラができる。ある意味楽しい仕事だった。世のなかって、このように成り立っているのかと、知ったのだが、あるとき、一人の画廊主と話していて、言われた言葉が突き刺さった。

「若いのに、こんなことしていては駄目だよ」

這子は目を覚まされた思いだった。這子がやっていることは、未来のない生産性のない仕事というよりも、己の精神を壊していくやくざな仕事だということに、少しずつ気づいていたことは気づいていたからである。

この仕事を辞めても、次の仕事を探さなければならない。仕事はあったとしても、毎朝、ラッシュアワーの電車に乗り人混みに揉まれることには何ら変わりはない。東京から逃げたいと、また逃避癖が頭をもたげだしたころ、這子は無理やり宮倉の家に引き戻された。……というのはおもてむきで、実のところは、東京での女一人三畳間での生活に疲れ果てていた這子は、渡りに船と、親の要求にのったというのが本音であった。

あとになって思えば、はっきりと言われたわけではないが、娘は手元におき、家事手伝いをさせながら、親の眼鏡にかなった相手と結婚させるというのが母親の願いだったのかもしれない。這子としては、とりあえず食べさせてもらえるからと舞いもどったのではあるが、挫折感と先が見えない不安に内心忸怩たるものがなかったわけではない。

この東京からの舞い戻りも、どうにもならないから一旦退却する、つまり逃避であったが、這子が選択した逃避は、自分を押し出すための逃避だったような気がする。同じ環境で自分を押し出すことが不可能なら、押し出すことができる環境に移る。いわば這子の処世術である。結婚や離婚を含め、こういう生き方は傍から見たら負け犬のそれであろうが、負け犬けっこう、負け犬でも、自分自身を殺さずに生きてこれたと、這子は思っている。

一人旅

一人で行動できる自信、自分自身への証明が欲しかった。三島に舞いもどってからすぐに逗子がしたことは一人旅の実行だった。都内のどこか、駅構内に貼られていたポスターの写真、日本海に沈む太陽をこの目で見たいと常々思っていた。そこでバックパックに分厚い時刻表一冊を入れて二〇日間ぐらいの一人旅へと出かけることにした。もちろん行き先はその写真の絵のなか、つまり山陰である。当時国鉄が発行していた周遊券という格安で便利な旅行用クーポン券を利用し、宿泊は二食つき一泊で五〇〇円程度のユースホステルを利用した。三万円程度の旅行費用は母が出してくれた。

すでに五〇年以上の歳月が経っているので、この旅に関しては、すでに記憶は曖昧になってしまっているが、辿ればよみがえる記憶がないわけではない。

三島駅から夜行寝台列車に乗った。道連れは不安という心の昂ぶりのみ。翌朝、寝不足の頭をかかえて降り立った駅は敦賀だったような。乗り換えの小浜線はまだ動いておらず、ようやく白みかけた早朝の駅前は閑散としていた。なんでもいいから小腹を満たしておきたいと食堂を探す。テーブルと椅子だけのさびれた定食屋風の店が開いていた。他の客はいなかった。どんぶりご飯とみそ汁と漬物をなんとか腹におさめた。貧乏旅行のスタート時に副菜は贅沢と思ってのことだったのか、早朝でその店にはそれしかなかったのか、旅のはじめの祝いめしとは程遠い侘しい膳だった。

最初に訪れた観光地は天橋立で、たしか全長三キロぐらいはあった砂州、松と松のあいだを歩いた記憶がある。歩いたといえば、鳥取砂丘も、どこからどこまで歩いたのか憶えていないが、沈みゆく太陽に追いかけられるようにして、二時間ほど歩き、暗くなる一歩手前で、バス停留所に到着し、胸をなでおろしたという記憶もある。

志賀直哉の『城崎にて』にあこがれて歩いた城崎温泉街、そのあたりでは、玄武洞にも立ち寄った。まあ、山陰本線に沿った観光地をいろいろ巡った。観光スケジュールは、前日に宿泊したユースホステルで時刻表をチェックして、訪問観光地を決めた。

先日、テレビで隠岐の島の〈牛付き〉が放映されていた。それで、隠岐の島に行ったことを思いだした。島から島への渡舟から見た海底の美しさ。ユースホステル仲間と、バケツ一杯一〇〇円のサザエを買って炭火で焼いて食べたこと。極上に旨かった。ちょうど〈牛付き〉が行われていたときで、観戦しに、みんなして山の上の広場まで登ったこと。その途上の家の人に招かれて、茶菓子を振る舞われたこと。手作りの饅頭だったかなあ、旨かった。何よりも島の人たちの心が温かった。どおりで、牛と牛の戦いも傷つけあうところまではやらない。一方が戦意を失い、引きさがったところで終わり。傷つけあわないから、安心して見ていられた。

今、あらためて地図を広げてみると、「そうそう、あそこも行った、ここも行った」と思い出す。青海島のウミネコの大群を最後に山陰地方とはお別れして、鉄路を山陽本線にとり、旅の行程は山陽地方へと移った。宮島、広島、尾道、倉敷、等々を見てまわり、姫路にいたり、姫路城探索を堪能する。時期はシーズンオフ、どこも観光客は少なく、充実した旅であった。しかし、女性の一人旅、各種のリスクがないわけではない。予定は未定で組んできた旅のスケジュールに多少の疲労を覚えるようになり、姫路城観光を最後に帰路についた。

今でいえば、自分探しの旅というところだろうが、巷にそんなカッコいい言葉は流布していなかった。這子の目的は己の実行力あるいは行動力の確認である。若い女の一人旅などめったに許されなかった当時、この二〇歳記念イベントのスポンサーになってくれた母に大いに感謝している。ちなみに、今でも、冒険心をくすぐる一人旅は大好きである。できたら、雨で登山を断念した大山に挑戦してみたいと思うが、しかし、老いぼれ這子には、体力的に無理であろう……。

と、ここまで書いてきて、そういえばと思い出したことがある。出雲大社とその近くの八重垣神社に寄ったことである。出雲大社で何を祈ったか憶えていないが、八重垣神社では「鏡の池の縁占い」を面白半分で行ったことを憶えている。鏡の池に占い用紙を浮かべ硬貨をそっと乗せて、その沈み方による占いである。早く沈めばうんぬん、遅く沈めばうんぬん、遠くで沈めばうんぬん、近くで沈めばうんぬんというお告げだったような。そのときの沈み方は憶えていないが、なぜ思い出したかというと、そんな占いをしたから、八重垣の神様から九州地方へ飛ばされたのかしらんなどと、ふと思ったからである。しかも両社とも縁結びの神ときた。ああ、やだ、やだ！　結びつけてもらわなくてもよかったのにい！　知らぬこととはいえ、知っていたら、そんな占い、絶対しなかったし、縁はまだまだ当分無用だと、出雲の神に念を押していたはずだ。

お稽古事

さて、そんな旅行から帰ってきてから、逗子は居候という立場上、病院勤めをしていた母の代わりに家事を適当にこなした。俗にいう家事手伝いである。母にすすめられるままに茶道や華道にも通ったが、あまりそれらに夢中にはなれなかった。技芸の〈道〉そのものには敬服できても、それらに参加する人々の世界には馴染めなかったからである。這子はもともとお嬢様の性質ではない。お嬢様言葉には馴染めなかったし、しかも、茶道具やら着物やらに金がかかりすぎた。たとえば、茶会が催されるたびの、新品の着物や帯で飾りたて、誉めそやしあう「オホホ」の世界は苦手だった。一番びっくりしたのは、知らないあいだに授けられた許状とか、伝授証とかいう、一枚何万円もする紙切れの束である。そのころの母は職業婦人でそれなりの収入があったのだろう、這子のためにいろいろ散財してくれてはいたが、這子自身は、そんな世界から早く足を洗うべき時機をうかがっていたというのが本音で、実際、前述（51ページ）のように、這子は就職を機に、宮倉の家を出たのであった。

第二章　結婚環境

――九州――

『照らし出すものたち』は、形式はどうあれ、書き手による書き手が生きてきた道程の記である。そうであるから、書きにくいことでも書かなければ作品にはならない。身内をふくめて自分のことなら、よくても悪くても、晒すことに抵抗はない。しかし、結婚相手とその身内に関しては、書きだすと筆がとまる。書きたくない。できることならパス・スルー〈pass through／通りすぎる〉したい。彼らを守りたいわけではない。守りたいのは書き手自身の自尊精神である。筆を運びだせば、よいこと、悪いこと、ひっくるめて筆の先に現れる。つまり、どうしても書き手の主観で一刀両断してしまうことになり、公平ではなくなる。これは書き手が信条する哲学に反し、美しくない。

よって、離婚理由等の説明や結婚相手等の登場は最小限とする。

むかし、東京に住んでいたころ、叔父に言われたことがある。

「這子は都合が悪いことを言われると、笑ってごまかすなあ、まあ、むきになるよりもいいけどな！」

そう、己の正気を保つには哄笑しかない。

次は、そのときより更なるむかしの記憶である。幼いころ四歳上の兄とよくケンカをした。女の子は口が達者だが、男の子はその反対、そのぶん手が先に出る。そうやって、妹は一言返すたびに殴られた。殴られたら悔しいから、泣きながらまた一言返す。頭に拳骨が飛んできて、妹は大声で泣く。ピストン運動のように、一言と拳骨一回が交互に繰り返される。そんな光景である。今思い返すに、まさに〈勝てば官軍（Might makes right／力は正義なり）〉を身体で知ったということだろう。

この経験（泣いたら損）と這子の泣かない性質と因果関係があるかどうかまでは知らないが、長じた這子は涙とは縁遠い性格になった。卒業式等で泣く級友たちを見て不思議でならなかった記憶がある。兄から泣かされた以外、過去に泣いた記憶は一度だけ、母の死のときである。ただし涙は一週間止まらず、悲しみが消えるには一年かかった。

泣かない這子だが、犬や猫たちの動物たちに対しての感情移入は別である。それがテレビの向こうの出来事でも眼がしらが熱くなり、胸が痛む。人でも動物でも、理不尽な環境に生きなければならないことへの怒りの涙である。もちろん、テレビや映画のシーンで泣かされることがないわけではないが、はっきりしているのは、自分のためには泣けないということである。泣けば沈鬱は深くいつまでも沈み続け、笑えば沈鬱は吹きとぶ。

脳内パルスの誤作動

白猫のクリと別れてから二代目クリに会うまで一〇年ぐらいは経とうか、その間、恋愛、結婚、出産、そして離郷と、這子をとりかこむ環境はめまぐるしく変わった。

この一〇年の出発点は「恋愛もどき」のような出来事なのだが、振りかえってみれば、そのときは熱中症にかかったとでも言おうか、熱が冷めれば、はてさて、何が這子にそうさせたのか、頭の上にいくつもの疑問符が点滅するのである。犬や猫等の動物には興味はわいたが、人間の男性にはさっぱり興味がわかなかった這子である。過去を振りかえっても、現在を見渡しても、その認知システムは変わらない。つまり這子の哲学には恋愛は含まれていないとしか言いようがないのである。だから、恋愛を一つの価値観として評価するものが書けない。まあ、なんと言うか、遠いむかしのあの「もどき感情」は、生物としての役目を果たさせようとした自然の摂理のようなものが這子の脳内の電気信号に誤作動を命令したとしか言いようがない。

しかし、その誤作動はすぐに正常にもどった。この人は違う、何か違う、キャンセルしたがいいと、一度は結婚を断った経緯がある。しかし、執拗に求められたこともあって、結局、結婚してしまった。まさに、してしまったのである。思えば、這子にとって、結婚も、ある意味、環境を変えるつまり現状からの逃避だったのかもしれない。だから、結婚は誰のせいでもなく、這子自身による決定である。「このヤロウ」と脳内パルスを怒鳴りつけたところで、怒鳴りつけられる対象は這子自身である。怒鳴りつけられた這子は「アハッハー」と笑うしかない。

実際、自分の判断力の正確さを再確認させられた最大の出来事がおきたのは、第一子の長男を産んで、産院からもどったときであった。この出来事だけはスルーして無かったことにはできない。離婚の起点はここから始まっているからである。

生後一週間の乳児が寝ている横で、夫から九州の家の登記済証書を見せられた。這子の名前は所有権者欄になかった。そこには、持分二分の一の共有という約束は破られ、夫一人の名前が記載されていた。

手続きは義父母がした。這子が土地代として送った大枚は盗まれたのも同然。そして、言われるままに送った、這子の確定申告書と印鑑証明書は這子をローンの連帯保証人にするために使用されていた。妊娠しながらもフルタイムで働き、貯えた金である。当時、這子の収入は夫のそれをはるかに超えていた。三島に家を買おうと探していた這子は、九州によい物件があるからと、説得された格好だったが、結果的にはだまされた。その家に義父母が住むことに関しては同意していたものの……。

「登記しなおして」と言ったら、「金にきたない」と返してきた。

どっちが?……

夫も同罪だった。たとえ嫁や妻であっても、離婚を前提に、原告となって裁判をおこそうと思えばできた事件である。とんでもない家族（集団認知システム）の一員になってしまったと悔やまれたが、すでに長男は生まれている。子どもだけは育てていかなければならない。そして、そのあいだは、嫌悪感情は深く沈潜させつづけること。そうでなければ、平穏な日常は望めない。

結婚して子どもを産めば、女性の世界は子ども中心に動く。結婚がどんな成り行きで始まろうと、結婚生活の成り行きがどうであろうと、子どもを産んだ母親には育てるという本能的母性が生じる。何があろうと自立させるまで育てなければならない。そのためには彼らから家庭と父親を奪うわけにはいかなかった。

結果的には、二十数年後、自ら強制的に沈潜させたその感情が浮上させられる出来事が再び起きて、二人の子どもの自立を待って離婚にいたったわけだが、そのとき這子は四九歳になっていた。

這子にとっての離婚は、自分の認知システムに逆らわず生きられるという意味で解放感に満ちていた。したがって、アメリカ留学をもって環境を一八〇度転換したためか、結婚生活や子育て期間の憎悪や怨念等の負的情感は、拙本『夢の跡の塵芥』（108ページ）で述べたように、すっぽり抜けている。

とはいえ、passed through（通りすぎた）しただけの路傍の人が、物語を書く過程で、ときどき顔を出してくるのは詮方ない。そこで、その人の呼称であるが、致死量にならない程度の毒を盛ることにして……。

以後、何と呼称しようか。

下半身不随の二代目クリ

さてさて、嘘をついて狙いどおりに手に入れた九州の家である。砂糖山盛りで育てられたスウィート（ただの甘ちゃん）はそこに帰りたくなった。親のもとに帰りさえすれば、すばらしい人生が待っていると思ったらしい。

転勤ではないから、食べていく術として、九州で何をするか、スウィートは調理師学校に通った。その授業料等と、その間の食べていくすべは逗子がまかなった。

…苦笑…何より家族の崩壊だけはさけねばならない……

逗子夫婦は二人の子どもをともなって九州へと移り住んだ。調理師免許を取得していたとはいえ、スウィートは実地訓練を受けているわけではない、案の定、最初の店は三ヵ月を待たず閉店の憂き目をみた。

…苦笑…社会は砂糖山盛りしてくれなかった……

しばらくおとなしくしていたスウィートだったが、数年後、北九州市で小さな食堂を開店し、這子親子も北九州市に移り住んだ。多少の売り上げがあったとはいえ小さな店である、店主の女房は欠かせない労働力である。店で立ち続けているためか、一度ギックリやった右足首の痛みが治まらない。鍼は嫌いだったが、他人にすすめられて試しに近くの鍼治療院へ、小学一年の娘を連れて行った。

二つの白いベッドが並ぶ治療室に入ると、生後二〜三ヵ月ぐらいの白黒ブチの子猫が遊んでいた。鍼が刺さる痛みに耐えているあいだ子猫と遊んでいた娘だったが、治療が終わり、帰る段になると、突然に腹痛を訴えはじめた。非常に痛い様子である。「どこが痛いの？　どのように痛いの？」と訊いても、お腹をかかえて大きな声で泣き叫ぶだけ。それでは早く病院に行こうと促しても、頑として「痛い、痛い」の一点張りで、身体を前かがみに曲げたまま動こうとしない。ははーん、子猫が欲しいのだなと、這子はピーンときた。「猫が欲しいの？」と訊いても、娘はあいかわらず泣き叫ぶだけ。そばで様子を見ていた治療院の先生が、「猫なら何匹も生まれて困っているくらいだから、あげましょう」と言ってくれているのに、娘の腹痛は治まらない。とにかく、この場は納めなければと、猫を娘の腕に抱かせ、お礼を申し上げて、娘をひっぱるようにして、二人と一匹はそこを辞去したのであった。

腸の癒着かはたまた急性盲腸炎か、救急車を呼ぼうかとまで思わせた娘の激痛は子猫を抱いたとたん、どこかへふっ飛んでいたようであるが、「ほんとうに痛かったんだもーん」と、最後まで言い張る娘のしたたかさと芝居っけには呆れながらも、子猫のかわいさに負けて追求しなかった。娘がそのときの真意を明かしたのは、彼女が大分大きくなってからである。

さて、突然やってきた子猫は男の子だった。クリと名づけられ、抑えることのできない好奇心を大いに発揮させながら大きくなっていった。障子やふすまを破き、畳を節くれだたせ、台の上のものを落とし、はては隣家のベランダまで遠征して鳥かごを狙う。そうなると、もともと猫嫌いのスウィートである、ときどき、彼の拳骨がクリの頭上に落ちるようになった。

そんなある晩、這子の膝でいい気持ちで寝ていたクリが突然、横に一メートルほど跳んだかと思うと、ピクピクと痙攣しだした。とっさに抱きかかえると、口から泡を出し、呼吸も絶え絶え、気のせいか身体も冷たくなってきている。心臓マッサージのつもりで、そのあたりを叩いたり、さすったりするけれど、もはや一刻もあらそえない状態であった。

近所のよしみで夜でも診てくれるというので、三軒隣の獣医のもとにクリを連れて行った。心電図やレントゲンをとり、強心剤の注射でどうにか小康を得る。原因を尋ねると、獣医は、脳神経系統の奇形が成長期の過程で発病したのか、それとも特別な衝撃を頭部に受けたかのどちらかでしょうと言う。もしかして拳骨かもと、スウィートのほうを見たら、猫の嫌いな人がしきりにクリを撫でている。這子は出かかった抗議の言葉をのみこんだ。

今夜が峠ですと宣告されたクリを連れ帰り、あんかで身体を暖めてやると、少しずつではあるが、ミルクと薬を舐めるようになり、二週間ぐらいで元気をとりもどしたものの、下半身不随という重い後遺症が残った。

最初は、後ろ脚を痙攣させながら立とうと試みていたようだが、立てずに倒れてしまう。そのうち、後ろ脚を使うことをあきらめたのか、下半身を横座りのようにして前脚だけで身体を引きずり、どうにか自由に動けるようにはなった。しかし、排尿、排便は健常猫のようにはいかない。しかたがないので、一日に数回トイレにつれていき、膀胱と直腸のあたりを押さえて、用を足させてやった。這子の両ももの間に猫を後ろ向きに抱いて、その部分を上から下へと揉むように押さえる。クリは抵抗もせず、されるがまま、大小ともに上手に出してくれた。下痢さえしていなければ、ほとんど粗相はしなかった。しかし、下半身の感覚がなく、後ろ脚も使えないからか、自分でノミの退治ができなかった。ノミのたかり具合が増えたので、ときどき風呂に入れて洗ってやらねばならなかった。

上半身は正常に成長するが、その反面、下半身はますます萎える。強くなった前脚を使って、軽い下半身を引きずりながら、ソファーの高さぐらいなら、平気で上り下りできるようになり、どこにいても、呼べば、すごい勢いで、下半身を引きずりながらやってくる。その姿は異様だが、妙にかわいかった。

猫は寒さに弱い。心臓に欠陥があるクリにとって冬越えは厳しい。それでも、一年目の冬はマンションだったから室内は暖かく、なんとか一回目の冬は越えることができたのだが……。

開店して一年、二年と経つうちに自然と客足は遠のき、かろうじて生活していけるぐらいの売り上げに下がっていた。だから、クリが二年目の冬を迎えるころの這子家族の住居はマンションではなく、店の二階になっていた。従業員を雇う余裕がなくなったから、スウィートと這子二人だけで店をきりもりしなければならず、店の二階に居住しなければ、やっていかれなくなったのである。

借りていた店舗は二階に八畳二室と廊下とベランダをそなえてあったが、建物自体が古く、隙間だらけで、表道路からの埃と排気ガスがひどく、住むのもためらわれる状態だったが、そうは言っていられなかった。

開店時間の午前一一時から午後一一時までの一二時間に、開店準備時間と閉店後の後始末時間を合わせた合計一四時間、休日なしに働いた。親たちも難儀だったが、子どもたちも難儀だったろう。幸いに学校は転校しないですんだが、遠くなったからバス通学しなければならなくなった。それでも、バスの停留所は店の前にあったから助かった。朝七時に子どもたちを起こし、店の厨房で顔と歯を洗わせ、残り物の味噌汁と卵かけご飯を食べさせて、送り出し、這子はまたひと眠りする。夕飯も店のもので間に合わせる。家族で食卓を囲むなんてことは望みようがない生活が続いた。

風呂と洗濯は、厨房のシンクを使ったり、近所の銭湯に行ったりしていたが、夜中のトイレには困った。トイレは店内に一つしかなく、しかも店と二階の居住部分をつなげるものは外階段だったからである。親たちはどうにかできたが、眠気さめやらぬ子どもたちに外階段を歩かせるわけにはいかなかった。危険である。しかたがないから二階にバケツを持ちこんで、そこでさせた。

そんな、店の仕事、家の仕事、子どもに関わる仕事と、分刻みでこなさなければならない、ごたごたした日常だったから、当然、クリにも目が行き届かなくなっていた。初冬のある日、店の仕事が一段落して二階に上がると、糞の臭いが充満していた。下痢をしたクリが下半身糞にまみれ、畳も引きずった跡で黄色く汚れている。もともと下半身が弱っているクリである、寒さが胃腸に響くらしく、その騒ぎは一回ではすまなかった。這子も忙しい、余計な仕事にとられる時間の余裕はない。二〜三回糞騒ぎがあったあと、思いあまって、深めの段ボール箱の底にアンカを置いてクリをとじこめておくようにした。身体を暖めてやりさえすれば元気だったので、クリの自由を一時的に奪うことで這子の便利さを優先させた処置であった。

そうしてしまえば、クリの姿は人目につかなくなる。人間なんて都合のいい動物で、子どもたちも這子もクリのことを、完全に忘れたわけではなかったが、忘れがちになっていた。もう遊んでやる余裕も、抱っこしてやる余裕も、這子の日常にはなかったともいえる。

両親が店で働いているあいだ、子どもたちはテレビのない二階で、這子が下から運んだ夕食を食べ、宿題をすまし、そして就寝。スウィートと這子は店の後片付けを終えたあと、ぼろきれのようになった身体をただ横たえるために二階に上がる。そんな、親子の団らんなど望みようもない日常が続いていた。

水道管が凍ったある朝、起きぬけの娘が外階段の上から叫んだ。

「おかあさん、おかあさん、おかあさん、クリが変よー」

胸騒ぎがした。もしかして、と思い当たることがあった。昨晩は閉店間際に客が入ってきたので、二階に上がれたのが、夜中の二時を回っていた。くたくたになった這子はアンカのスイッチの確認を忘れて、寝てしまったことを思い出したからである。

娘の声で家族四人が段ボールのまわりに駆けより、硬直しはじめているクリを見下ろした。


クリは鍼治療院にいれば、下半身不随にもならなかったし、段ボールに閉じ込められることもなかったし、こんなに早く死ぬこともなかった。

娘は涙で顔をぐちゃぐちゃにして大泣きしていたが、這子の目からは一滴も出てこなかった。そもそも、何で、何で、こんなところで、こんな余裕のない分刻みの生活をしていて、飼い猫の死に遭遇しているのか……。

無言で冷たくなったクリをバスタオルに包み抱きあげた這子の耳元にクルセイダーズ*の歌の一節が聞こえてきた。

おら〈猫〉は死んじまっただあ！

＊フォーク・クルセイダーズ「帰って来たヨッパライ」。

ミニダックスフンドのアベルと花子

北九州市の店を人手に渡し、借金を抱えたまま、這子家族は福岡市郊外の借家に移り住んだ。長男は小学五年生、長女は三年生になっていた。今度の家は庭があるから犬が飼えると、転校をしぶる子どもたちを承諾させるために利用したのが犬であるが、本音のところは、犬を飼いたかった這子が子どもたちを口実にしたともいえる。

その借家は古民家といえば、聞くからに重厚なイメージがあるが、ただ古いだけの〈田の字〉の家だった。〈田の字〉の家という言葉があるかどうか知らないが、襖をすべて開ければひとつづきの大広間になる造りである。もともと百姓屋だったのだろう、玄関から入ってすぐ広い土間があったり、平屋ながら狭い階段の上には屋根裏部屋があったり、風呂にもいったん土間におりてからしか入れなかったり、むかし厩として使われていたような土間空間もあったりと、どこからでもネズミが出てきそうな、いや実際チョロチョロと出てきた、そんな家だった。まあ、汚くて隙間だらけの古い家ではあったが、言いようによっては、今どきめったにない風情のある家とも言えた。最近のモダン住宅とはかけ離れた家だったが、逗子は空想をかきたててくれるこの家が好きだった。

敷地は二百坪以上で、どこにでも車は駐車できたし、小・中学校は五分も歩かないところにあったし、何しろありがたかったのは、少ない家計でやりくりをしなければならなかった逗子にとって、家賃が格安だったことである。

指折り数えてみると、家族がその家に世話になったのは、下の子の娘が小学三年生のときから高校卒業時までだから、かれこれ一〇年間ぐらいである。その間、家族の経済生活はよいときはなく、ようやくよくなったのは娘が高校三年生になったころである。あとになって考えてみれば、その〈田の字〉の家は金銭的に貧しい逗子家族の生活をずうっと支えていてくれたことになる。

広い敷地は、当初、塀にそって大木になりつつあるヒマラヤスギが数本と、サクランボと枇杷の若木がそれぞれ一本、そして玄関口に背の低いカエデの木が一本、あとは草ぼうぼうという殺風景なものだったが、なんでも植えていいという大家さんの許可を得て、逗子はいろいろな花や野菜を植えた。そのなかでも極め付きはキウイだった。南側広縁の前に巾三メートル、横四メートル、高さは軒に届くぐらいの大きな棚を造り、雄木と雌木のキウイを一本ずつ植えた。夏は心地よい日影をつくってもらうために、秋にはおいしい実を楽しむために。しかし、枝が伸び、葉が棚を覆うまで数年かかり、実が一つ二つと結実しだしたときはすでに七〜八年も経っていた。結局、収穫祭を祝うまでに実をつけたのは、その家での最後の年ぐらいだったが、それでも、年々少しずつではあるが、葉の緑が増えてくるキウイ天井は這子を楽しませてくれた。何しろ家の南側のすべてが広縁で、透明なガラス戸だったから、その緑の天井は、廊下のカーテンを開けておきさえすれば、家のなかのどこからでも、いつでも楽しむことができたからである。

さて、その家に住みだしてから、しばらくして新聞の広告欄にミニダックスフンドのブリーダーの掲載をみつけた。子どもたちとの約束を果たすべく、家族の一員として迎え入れたのがアベルである。アベルとは、そのころ、テレビのアニメーション番組に出てきていたダックスフンドの名前だった。それからしばらくして、どういう経緯があって、そうしたのか憶えていないが、アベルの花嫁として同種の花子を迎えた。アベルの毛は黒で花子の毛は赤茶だった。男の子のアベルとは違って、花子は至極従順で優しい性格だった。

広い敷地の借家に住み、犬二匹を迎え、這子の日常は北九州市にいたころよりずっと楽になった。かといって、経済的に余裕がなかったことは以前とたいして変わらなかったが、這子は教育ママになることを最初から拒否していたので、小・中学生の子どもたちに特別な教育費をかけることもなく、少ない収入でも、やりくりさえすれば暮らしていけた。

這子は子どもたちや犬と遊べる、時間的に余裕のある生活がずうっと続いてくれることを願った。スウィートが何でもいいから定職に就いて、少ない額であっても定収入さえ家に入れてくれれば、そうなるはずだった。

ところが、飲食店をチェーン展開したいというスウィートの野心は二店舗の失敗だけでは懲りなかったとみえ、ある日、飲食店舗の賃貸契約をしてきたと、這子にその紙切れを見せた。いや、金繰りや後始末で懲りていたのは這子である。ことを始めるだけのスウィートが懲りているわけがなかった。なにせ、ことを始めるときは、夢と希望のエキサイトメントしかない。その店舗なら集客力があると予想したのだろうが、予想に反して、ここも食べるのがやっとの売り上げだった。それから、再び、忙しい、いや忙しいだけではない、未来の見えない生活がはじまった。開店準備と閉店後の後片付けにかかる時間と往復一時間半程度の通勤時間がかかった。その店を営業していた二～三年のあいだは正月も盆もない生活だった。

花子が妊娠したのは、そんなときだった。這子はとにかく忙しく、花子の初潮も見ていなかったので、成犬になっていない花子が妊娠できるとは思っていなかった。食欲がなく何も食べない花子を我がままときめつけ、お腹がすいたら食べるだろうぐらいに思い、放っておいたのがいけなかった。どうやらお腹が大きいみたいと、妊娠していることに気づいたのは臨月ぐらいになってからで、悪阻で食欲がなかったのなら、肉でも魚でも何でも、花子が欲するものを与えたのにと後悔したときは、時すでに遅く、とにかく栄養状態が悪かった。しかも花子は人間でいえば初潮を迎えたばかりのまだ幼犬である、そんな彼女の分娩は悲惨そのものだった。

花子の陣痛がはじまった時間は朝方で、とにかく放ってはおけず、その日はスウィートだけで店に出かけてもらった。花子のお腹に何匹の子犬が入っているのか予想もできなかったが、それでも、犬は安産だから大丈夫、午前中には終わるだろうと軽く考えていた。ところが、子犬の数は九匹で、最後の子どもが出てくるまでに一昼夜は優にかかった。しかもすべての子犬が未熟児だった。最初に生まれ出てきた子は比較的大きかったが、それでも乳に吸いつく力はなく、吸いついても母乳そのものが出ていなかったのであろう。一番悲惨だったのは、花子が臍の緒をとろうと子犬のその部分を舐めたとき、臍の部分まではぎとってしまったことである。生き残れるものなら生かしてやりたかった這子はあわてて、近場の獣医のところにつれていった。どんな処置がされたのか、もう憶えていないが、連れ帰ったその子もふくめて、先に生まれた命は次の命が生まれるのを待たずに消えていった。そうやって九つの命の炎は次から次へとはかなく消えていった。

次に消えることを心配したのは、分娩を終わっても立ちあがりもせず、何も食べず、何も飲まなかった花子の命だった。獣医のところに一日ほど入院させて、点滴処置してもらった。迎えに行ったとき、這子を見るなり立ちあがった花子は、尻尾をふり元気をとりもどしたかのように見えたので、ほっとしたのだが……。

花子が元気だったのはそのときだけだった。翌日からは再び元気をなくし、横になったきり、以前と同じように水を舐めるぐらいで何も口にしなかった。そんな花子を昼間放っておくわけにもいかず、小さい浅い段ボールに毛布を敷き、そこに寝かせ、店までともなった。そうしたら仕事をしながらも見守ることができる。夜はその段ボールを這子の枕元に置いて寝た。

そんな数日が過ぎた朝のことである。花子の乾いた鼻づらの感触に目が覚めた。這子を起こしにきたのであろう。寝たきりの彼女が、たとえ数歩でも歩いてきたわけだから、回復しはじめたのかと、這子はうれしくて彼女を抱きしめ頬ずりをした。しかし何かが違った。あたたかいはずの感触がすでに冷たいのである。そして、小さな身体は這子の腕のなかで急速に硬直していった。這子が花子にしてやれることは、もはや抱きしめてやることだけだった。

その朝、花子が死んでもいつもと同じ日常はある。子どもたちを起こし、台所で朝食の支度をしていると、玄関のほうで突然娘の悲鳴があがった。

そこには、顔面血だらけの娘と、ウーと唸っているアベルがいた。何が起きたのか、すぐに理解できた。娘がアベルに噛まれたのである。噛まれた箇所は唇の横で、口の裏まで貫通しているようだった。タオル数枚で傷口を強く押さえ、とにかくあふれ出る血を止めながら、何はともあれ、すべてを置いて、近所の整形外科に走った。幸いにして二〜三針縫うだけですんだ。成長したら顔も大きくなるから縫傷はめだたなくなるという医者の言葉を得て、ほっと胸をなでおろした。

花子の死をアベルと共有しようと玄関廊下にいるアベルに「アベル！」と泣きじゃくりながら抱きつこうとしたのか、抱きついたのかわからないが、娘はそうしたのであろう。アベルのほうでも、その朝の異様な空気を感じとり、極度の緊張状態にあったにちがいない。そこに、泣きじゃくった娘が突然上からおおいかぶさってきたわけであるから、アベルの恐怖も極限を越えてしまった。おそらく、そのときの光景はこんなだったであろう。ブリーダーのところでアベルを選んだのは這子であるから、這子は非常に悔やんだ。アベルには罪はないが、自分の顔を噛んだ犬を許すことができないのではないかと思い、保健所に頼もうかと娘に尋ねたら、嫌だと言う。娘の意思を尊重して、アベルはその後も家族の一員として残った。子どもたちのアベルに対する態度は以前と変わらなかった。

とにかく慌ただしい朝だった。花子を失ったその朝の悲しみは一変して娘の不運な事故に置き換えられてしまったが、娘の傷跡が長じて目立たなくなれば、死ぬ間際、必死に立ち上がって、別れを告げにきた花子のほうが這子の心に残る。

さて、その後も、正月も盆もない余裕のない生活は続いていたが、這子が四〇歳のとき、這子の母が逝った。母は這子たちが九州に移った半年後に慢性関節リウマチを発症していた。母の母つまり祖母もリウマチを病んでいたというから、罹患する体質は受けついでいたのだろうが、発症の起因は働きすぎと、父と兄がしばしば起こす軋轢を原因とするストレスにくわえて、自分の離郷が大きいと、這子は思っている。愚痴等をあらいざらい這子に話すことでカタルシス浄化になっていたのが、突然その聞き手を失ったわけだから、ストレスが溜まりに溜まったに違いない。

そんな母の楽しみは、出産の際、自分が取りあげた二人の孫に会うことだった。大分の温泉療法等の利用をかねて、ときどき這子のところに逗留することもあったが、母のリウマチは悪性で何をほどこしても悪化するいっぽうで、長年の薬の飲みすぎからか腎臓を悪くし、結局、腎不全であっけなく逝ってしまった。

夕刻のＩＣＵ、「逝かないで」と這子が必死に呼び止めるも、母は長い息を全身から吐き出したのち二度と息を吸ってはくれなかった。這子は人目も憚らず号泣した。

むかし、九州移転の話をいつかしなければならないと思いながら、言えないでいた這子だったが、三島大社の正門の前、別々の家路をとろうとしたそのとき、思いきって、「実は」と切り出した。歩みを止めた母は、前を向いたまま「行かないで」と小さく言い、再び、「行かないで」といつにない大声をあげて這子の顔をにらみつけた。「ごめん、かあさん、もう決まっちゃったのよ」と這子。しばらく這子をにらんでいた母は踵をかえすと這子をおいて早足で歩きだした。這子は「待って」と、母を追いかけて腕をつかんだ。その手を乱暴に振り払った母の顔は、怒りと悲しみの涙でぐちゃぐちゃだった。「ごめん、かあさん」と何回も心の内で謝りながら、家路を急ぐ人波にまじって小さくなっていく母の影を、目で追い続けた。

その母が生前、這子に言った言葉がある。

「大学を出ているのにねえ。いつまでこんなこと（正月も盆もない生活）を続けるの？」

その言葉が強く心に残っていた這子は、母の死をきっかけに、スウィートに違う道を提案した。国家資格の取得である。決断するなら若いうちがいい。四二歳になっていたスウィートは同意して店をたたんだ。借金は抱えていたが、家計の苦しさに大差はない。自営であろうと雇用であろうと、夫婦二人して働くことに関しては同じである。だったら休日があり低額であっても定収入が入ってくるほうがいい。飲食業から完全撤退した生活は一変した。一日の売り上げに一喜一憂する日々の連続に終止符を打ったのである。借金をかかえた家計はまだ苦しかったが、平和な日常を得た。息子は中学三年生、娘は中学一年生になっていた。

　そんなある日、家族全員が家にいたから、その日は日曜日だったはずである。暑くもなく寒くもなく、とてもいい日和だったと記憶している。這子は娘が勉強部屋にしていた屋根裏部屋にいて、娘とたわいのないおしゃべりをしていた。娘の勉強机は南側の小窓に面して置かれていたので、娘と這子は、たまたまその小窓から庭を見下ろす格好でいた。

　アベルは、家族が不在のときは玄関の土間に閉じこめていたが、日曜日等の家族が家にいるときはたいてい庭で自由にさせていた。そのアベルが短い脚でちょこちょこと門から出ていく、ちょうどその姿を上から、這子は娘と見ていた。アベルの行き先は向かいの家の裏庭だということは予想できた。

　道路をはさんだ向かいの家は兼業農家で家の裏には広い田畑が広がっていた。肥料をつくるためでもあろう、野菜くずや生ゴミ等が大きな浅い穴のなかに捨てられ溜められていた。ある日、そこでアベルがゴミあさりしている姿を偶然見てしまい、大いに叱ったことがあった。しかし、叱ったって意味はなく、鼻がきく彼にとっては非常に魅力的な場所だったに違いない。

アベルが門を出ていくその姿を見て、とっさに、這子はきつい口調で「アベル！」と呼んだ。その声で、レンガ造りの塀の陰でアベルの姿は見えなかったが、おそらく踵を返したのだろう、そのとき、キ、キーという急ブレーキをかける音を聞いたのと、門のあいだから赤い車体の流れが見えたのは同時だった。空気が、一瞬凍りつき、車の通り去る音で、炸裂した。

一分の期待をもって、娘とすぐさま階段を下りて庭に出たが、空気の重さに這子の足は門の手前で止まってしまった。結果を知るのが怖かったからである。

顔だけ門から出して、おそるおそる、その方向を見ると、門より大分離れて、道路に横たわる小さなものを囲んで一様に肩を落とす三つの人影が見えた。一泣きもないアベルの死であった。

前の道路は車一台が通れるぐらいの狭さである。めったに車は走っていなかったとはいえ、いっさい走っていなかったわけではない。門の陰から突然に短い足でちょこちょこと出たアベルのほうに非がある。いや、アベルには非はない。アベルを呼びもどした自分に非がある。心が痛んだ。リリーのときと同じ痛みであった。

アベルは花子の横、枇杷の木の根元に埋められた。その様子を、這子は放心状態で、リリーのときのように、離れたところから見ていることしかできず、死んだアベルの姿を瞥見さえできなかった。

花子やアベルが這子宅にいた数年間は悪いことをいろいろ呑みこんで雑多なうちに過ぎた日々であった。自転車操業的な家計と労働、花子の出産と死、九匹の子犬の死、アベルに噛まれた娘、這子の母の死、アベルの死、飲食業決別と、家族の歴史をいくつかの塊として分けるならば、あの時代はやはり、アベルと花子がいた時代ということになる。

ここに一枚の写真がある。〈田の字〉の家の庭先でアベルと娘が並んで写っている。セーラー服姿の娘は足の短いアベルにあわせて腰を屈め、両者ともに屈託なくこちらを見ている。娘のセーラー服姿があまり様になっていないことから、おそらく、中学の入学式を終えて帰宅したときに、アベルに迎えられての庭先で撮った記念の一枚であろう。すると、這子がアベルを殺したのは、この日から二〜三ヵ月もしないころだったことになる。

赤茶毛の雑種中型犬、アンネット

「突然、私を捨てて、おかあさん、あなたはどこへ行っちゃったの?」と、写真立てのゆるくなったフレイムの奥からふと顔を出したのがアンネットである。とりだして見ると、アンネットの横には若いころの這子が写っている。這子はしゃがみ、アンネットを後ろ脚で立たせて、肩を抱きよせ、彼女の横顔に自分の頬をぴったりとつけている。裏に「一九九四年九月一五日」とあるから、英語留学のため、這子が初めてアメリカへ出立する二日前である。しばらく会えないからと、記念撮影のつもりで撮らせた一枚かもしれない。撮ったのは誰だろうか、おそらく娘であろう。あれから、もう二十数年という歳月が経とうとしている事実に、今さらながらに驚く。

それより以前、まだ〈田の字〉の家にいたころ、娘が学校からの帰り道、中学校の横を流れる河の土手で拾ってきた犬がアンネットである。夕暮れの暗さのなかで拾った娘は気づかなかったらしいが、その生後一～二ヵ月ぐらいの雌犬は、家の玄関の明かりのなかで見ると、ひどい火傷を負っていた。河沿いを散歩途中、土手にゴミを焼いたあとをよく目にしていたから、非情にもその火のなかに捨てられたのか、それとも、遊び半分にその火をもって追いかけられたのか、まあ、そんなところだろうと推測された。

目の後ろから耳の後ろにかけた顔半分の火傷が特に痛々しかった。その痛ましさは、まるで四谷怪談のお岩さんである。まず火傷の箇所すべてにエタノールをかけ、それからミルクを与え、土間に段ボールを置き、そのなかにタオルを敷き、寝せた。ミルクには口をつけたので、生き残るかもしれないという微かな望みはあったが、そんなにうまくはいかないだろうとも思っていた。ところが、うまくいったのである。

そんなこんなで、息子から「死にぞこない」というような意味で〈アンデッド／undead〉と名付けられたが、それではあまりにもかわいそうだと、いつのまにか、アンネットという名にとってかわった。アンネットが我が家の住人になったのには、そんな経緯がある。


アンネットがやってきたころの家族の生活の有様はどうだったのかとふりかえってみると、アンネットがやってきたあの夕方、這子は一人の中学三年生に教えていたことを思いだすから、そのころの這子は自宅で塾のまねごとをしていたことになる。自宅における塾生は一人、いやあとから二人になった。当時の這子の最終学歴は高卒だったので、大々的に広められなかった事情もあるが、家庭教師のようなまねごともしたし、隣町の小さな集会場を週に一時間だけ借りて塾っぽいこともした。他には友人に誘われるままに生命保険会社の勧誘員もしたが、この仕事は這子の性分とあわず半年ほどで辞めた。

そのころ、スウィートは、昼は働き、夜は勉強という日々をすごしていた。受験三回目、つまり三年を経て資格を取得することができた。この三年は這子にとって、結婚して以来一番ゆったりと生活できた時期だった。盆も正月もないその日暮らしの飲食業から解放され、毎月給料が運ばれてくる。少ない額でも毎月決まった日に決まった金額が入る。これほど幸せなことはなかった。しかも勉強を続ける人の背中に、いつかは受かるだろうという明るい未来が見えていた。這子自身、自分のために何かができる時間を持てもした。文学的なものを書きだしはじめたのもこのころからである。

しかし、這子のこの幸福感は、スウィートが独立するときまでだった。もちろん経済状態は格段によくなったことはいうまでもない。しかし経済状態と反比例するかのように這子の幸福度は低くなっていった。

さて、アンネットがやってきたころ、同居する小動物はすでにインコのチーコだけになっていた。アンネットはまだ崩壊していない家族に最後に加わった一員ということになる。チーコに関してはちょっとしたエピソードがあるので、あとに一つの章を設けることにして、まずはアンネットのことを語る。

あんな火傷を負っても生き延びたのだから、アンネットにはもともと生命力がそなわっていたのだろう。何も特別なことはしてやらなかったのに長く生きた。といっても、離婚してアメリカ留学した這子は彼女の最期を見ていない。

やってきたときのアンネットはころころとまん丸くかわいかったのに、成犬になると細長くなり、エスを彷彿させるような、つまり見目麗しいとは言い難い姿になった。姿かたちも似ていたが、性格も似ていた。温厚で友好的で賢かった。

そのころは、そろそろ犬の離し飼いが問題視されつつあった時期で、犬はいつもつないでおかなければならなくなった。おのずと散歩が飼い主の責任として日課になったが、それでも〈田の字〉の家は庭が広かったので、毎日のように散歩に連れ出す必要はなかった。這子が庭仕事をしているときは一緒に庭にいればよし、在宅しているときはときどき庭に離してやればよし、仕事で外出していたときは、帰宅時に庭を思いっきり走らせてやればそれですんだ。したがって、「散歩に行こっ!」とアンネットを連れ出しての、這子が散歩と称したものは、アンネットのためではなく、河の土手をふらっと歩きたい気分になっていた、あるいは川風に吹かれたい気分になっていた這子自身のためだった。一人で歩いても、一人で川風に吹かれても面白くない。女が一人で寂しい川土手なんかを歩いていれば不審に思われるかもしれない。しかし、アンネットを連れていればそうは見られない。

家からしばらく歩くと河を渡す橋があり、その橋の横から土手道に入ることができた。土手道に人影を見ることはほとんどなかったから、そこでアンネットのリードをはずしてやる。自由になった彼女はすごい勢いで行ったり来たり、這子が立ち止まれば、彼女は戻り、歩きはじめれば、またすごい勢いで走り行く。

這子が川面を見下ろしながら草の上に腰をおろすと、彼女も川面を見下ろしながら横に腰をおろす。日が沈む前の静かなひととき、視界をさえぎるものは何もない。アンネットと這子だけ。人間のような趣で前を向いているその長い鼻づらを見ていると、郷愁のような何ともいえないものがこみあげてくる。アンネットの肩を抱きよせ、こころのなかで問いかける。

……ねえ、アンネット、今、何を考えているの。もしかして、おまえも思いだしているのかな。おまえはエスの生まれ変わりかもねえ。昔もこうやって、おまえと土手道で川風に吹かれたよね。土手道を自転車で風をきって走る私と競争したよね。疲れたら、今のように草の上に腰をおろして、ときには大の字になって空をあおいだよね。おまえはいつも私といっしょだった、今のように……。でも、ここは三島のあの川土手ではない……。だから、おまえはエスではない。でも、おまえはエスにそっくり……。だって、この前なんて、こっそり郵便局までついてきたじゃないの。あはは、あのときはびっくりさせられたよ、ほんとうに。私の横で郵便局のカウンターに前脚を置いて立っているおまえを見たときは一瞬、犬顔をした人間が立っているかと思ったぐらいだよ。エスも困った犬だったけれど、おまえも困った犬だよ、いや、まったく……。ねえ、どう思う？　なんで、私は今、三島ではなくて、ここにいるのだろうねえ……。

息子は高校卒業と同時に独り立ちし、娘は高二になり、表面上は平穏な日々が続いていた。しかし、平穏のように見えた這子をとりまく生活は、実は上澄みの部分だけで、見えない底の部分には密かに嫌悪の汚泥が少しずつ沈殿していたのである。おそらく結婚以来、少しずつ、少しずつ、そして、這子家族の金銭的生活が豊かになったときを待って、その汚泥は浮上したともいえる。あるとき、登記済証のときと同様程度、いやそれ以上の屈辱的な出来事が起きた。前回は結婚間際だったが、今回は結婚生活二十数年を支えてきた誇りのようなものが這子にあったから、打ちのめされた度合いは強かった。日中、誰もいない家のなかで、半日ぐらい虚脱していただろうか、そののち、笑いがこみあげてきた。笑って、笑って、笑って、笑った。あなどられ続けてきた、お人よしへの自嘲の笑いである。正気を保つには笑い飛ばさなければならない。

あたりが暗くなりはじめたころ、哀しいかな、主婦の性は身体にしみ込んでいる。夕食の支度のために、這子は立ちあがった。立ちあがりざまに、溜まっていたものを一気に吐いた。

「離婚する！」

発語は実行のための手段である。

〈田の字〉の家がシロアリに巣食われて明け渡さなければならなくなり、娘が高校を卒業するのを待って、這子たちは、スウィート名義の家に引っ越した。

アンネットとゴースト

結婚はたやすいが、離婚はそう簡単にはいかない。時機というものがある。因縁の持家に移ったころはすでに、這子の離婚の意思はスウィートに告げられていたと思うが、スウィートは本気にとってはいなかった。家庭内における這子の態度が以前のままだったからであろう。日々の生活は穏やかでありたい。これは這子が母の生きざまから学んだことである。大学受験に失敗した娘が浪人を決めて家にいたこともあり、日々の生活に波風をたてたくなかった。波風をたてると這子自身が生きることに息苦しくなる。だから、主婦と母の役割を果たす日常は穏やかに続いていた。ただ一つ、週一回、英会話の教室に通う以外は。

アンネットは女の子であることから、借家ではいつ来るかわからない年二回の発情期にそなえ、玄関の広い土間を犬小屋がわりにしていたのだが、ここの家の玄関土間は狭く、床との高低差も低かったので、しばらくのあいだリビングルームに上げさせていた。が、発情期になれば、赤いものであちらこちらを汚すので、避妊の手術を受けさせてから庭にだすことにした。そのころアンネットは六歳ぐらいになっていたので、「開腹手術は負担が大きいから命は保証できない」と獣医から言われたが、他に手段はなかった。手術のあと、傷口が痛むのか、かぼそい声で泣きつづけ、一両日はらはらさせられたが、経過はよかった。もとのように元気になり、それ以後、彼女の住居はフェンスで囲まれた庭になった。

当初は何事も起きなかったのだが、どれくらいか経ったころ、ときとして、アンネットの夜吠えがはじまった。その吠えは私たちが寝静まるのを待つようにして始まり、その吠え方は尋常ではなかった。何ごとかと、布団から出て庭じゅうと門扉の外の道路までをも懐中電灯で照らして見るのだが、アンネットが警戒するような犬猫や不審者の影はどこにもない。這子が庭に出ると、アンネットは這子の両足のあいだに頭を隠し、尻尾を尻の下に丸めて小さくなり黙るが、這子が家に入り、やれやれと寝床にもどると、また吠えはじめる。アンネットには人間には見えないゴーストのようなものが見えるのだろうか。それらが闇から出てきて、アンネットを脅かしているのであろうか。理由がわからないから奇異な現象としか思えない。しかも、その現象は家の灯りを消して、家人が寝はじめてから突然に始まる。ゴーストなのか、それともアンネットが狂ったのか、その怪しい現象に這子自身がノイローゼ気味になっていった。

住宅地の深夜に響く犬の狂気的吠え声を放置しておくわけにはいかない。近隣住民の怒りを思った。しかたがないから玄関に入れてやる。するとおとなしくなる。深夜になると尋常でない吠え方をする理由がわからず、這子は途方にくれた。何よりも、近隣住民への迷惑が重くのしかかってきていた。何しろ暁を告げるチャボの鳴き声さえもうるさいと苦情が出たほどの住宅地である。精神的に追い詰められていたのだろう、這子はアンネットを山のなかに捨てることにした。

ある晩、アンネットを自動車に乗せて山の方向に走った。暗い夜道を山のほうに向かって走る。三〇分ぐらい走っただろうか、家の明かりがとだえたあたりで車からおりて、少し歩き、アンネットをつなぐリードの端を道端の木にしばりつけた。這子がその場を離れだすと、アンネットは悲しそうに泣いた。泣き続けた。その泣き声を振り払うようにして車に戻り、エンジンをかけスタートさせた。車が見えなくなれば、あきらめて泣きやむだろうと思った。

しかし、アンネットは泣きやまなかった。もうそろそろ泣きやんでいるだろうと、車を止め、エンジンを切って耳をすます。止まない泣き声は闇を越え、途切れなく山全体を渡っていた。耳を覆って、そこを離れることができるほど這子は非情ではなかった。しかし、愛犬を山に捨てようだなんて思いついたこと自体が這子の汚点である。この汚点は生涯、這子を苦しめつづけることになった。

それからも怪奇現象は続いたが、しばらくして、ひょんなことから、その現象の原因が解明したのであった。

なぜ、原因がわかったのか。隣家に回覧板を届けに行ったとき、たまたま、その原因となりえるものを見たからである。そのとき隣家は留守だった。留守のときは門扉の上に仕立てられたポスト受けのなかに回覧板を差しこむことになっていた。そのポスト受けの前に立てば、おのずと視線は我が家の庭の方へと向かう。その方向には我が家も見えるが、両家の敷地を分ける高さ一メートルちょっとのモルタル塀も見える。そのモルタル塀の向こう側はアンネットの居住地である庭で、こちら側つまり隣家側はその塀にそって裏庭へと通じる一メートルぐらい幅の通路になっていた。その通路のちょうど勝手口のあたりに、モルタル塀の高さぐらいの脚立と、その脚立に立てかけてあった長柄の箒が見えた。

アンネットを脅かしていたのはゴーストではなかった。もちろん証拠はない。這子が庭に出れば、あるいは玄関灯をつけ玄関の扉を開ければ、ゴーストならぬ人間はアンネットを脅かすことを止めて、隣家と我が家を隔てている塀の陰に隠れ、息を潜めることができる。だから威嚇の現場が目撃されることは絶対にない。おそらく、這子たち家族が寝静まるのを待って、脚立の上から我が庭に向けて箒をふり、アンネットを脅かし、吠えさせる。這子たちが目覚めさせられて部屋の電灯がつけば、塀の内側に隠れる。あるいは勝手口から家に入る。理由がわかれば、奇妙な現象でもなんでもない。アンネットを玄関のなかに入れてから、寝付けばすむことだった。

それにしても、這子自身もふくめて、世の中にはいろいろな人がいる。隣の家人はスウィート持家の初めての住人である舅・姑と親しかったので、口は禍の門と、隣家との付き合いは、会えば挨拶をする程度にとどめていたのだが、それも禍のもとであったのかもしれない。

近所の誰誰がどういう人で、仕事は何で、子どもたちの学校はどこそこ、などという話にはいっさい興味がない這子は、おのずと主婦間の会話には入りたくない。というよりも自慢や表面を繕う言葉が嫌い。近づかないほうがいい。おそらく、這子のそんなところがゴーストを生んだのかもしれない。舅・姑が這子を嫌ったのも、そんなところかもしれない。しかし、嫌われる根拠がそんなところなら、嫌われたほうが楽というものであった。

さて、女房の離婚願望なんか一時的で、適当に機嫌をとっておけば治まると思っていたスウィートは、あるとき、まさか這子がほんとうに行くとは想像さえしていなかったのであろう、アメリカに留学でもしたらどうかと口走ったのである。その言葉にのらない這子ではなかった。それから英語留学の準備をしゅくしゅくと進め、当時、受験浪人をしていた娘も行きたいということになり、娘と這子は一九九四年の九月に、アメリカへの風に乗ることになったのである。

手のりインコのチーコ

這子と娘が英語留学のために家を長期に留守することで、心配事が一つあった。それは手のりインコのチーコのことだった。

チーコがやってきたのは、子どもたちが二人ともまだ小学生だったころである。国道沿いに各種ペット用品を扱う、当時はまだ目新しい形態の大きなペットショップが開店した。動物好きの這子親子である、行ってみようということになった。そのとき、店内の中央にしつらえられた円形の台の上に展示されていたのが、セキセイインコのヒナたちだった。彼らのたよりげな愛らしさに、子どもたちはもちろん這子も夢中になった。お気に入りの子を一羽、連れて帰ることになった。あの子がかわいい、いやこの子がかわいいと、這子も仲間に入って、さんざんわいわいやったあげく、みんなの意見が一致したのがチーコだった。

店員の指示どおり、小さな箱に空気穴をあけて、細かく刻んだ新聞紙を入れ、ヒナの巣箱とした。餌は、粟か稗か、とにかく指示どおりのものを水でやわらかくしてスポイトであたえた。そのヒナ、チー、チー、チーとよく鳴いたから、誰からともなくチーコと、女の子のような名前で呼ばれるようになったが、聞くところによると、しゃべるのはオスだけらしいから、チーコはおそらく男の子だったにちがいない。とにかく、チーコはよくしゃべった。チーコ弁は何を話しているのか聞き取れないが、いつまでも止まないおばさんの愚痴のような、話の途中で、「かあさん」とか「〇〇ちゃん」とか子どもたちの名前を挿入するから、もしかして、子どもたちを叱りつけているときの口調をまねているのかなと、苦笑したものである。

羽根もすっかり生えそろい、見たところ立派な成鳥になったのに、チーコは歩くばかりでいつまでも飛ぼうとはしなかった。もうそろそろ飛行の訓練をしなければと、我が子を谷につきおとすライオンの親よろしくコーチ役をかってでた。チーコを手の親指にとまらせて、「チーコ、今だー、飛べー」という掛け声とともに、腕を前方に振る。うまいぐあいにばたばたと羽ばたき、部屋を一周ぐらい滑空して、座敷の鴨居にでもとまってくれるかと思いきや、ばたばたではなく、じたばたと三メートルぐらい先に、音をたてて墜落してしまった。もちろん、ただちにコーチ役から逗子がおりたことは言うまでもない。

立派な翼をもっているのに飛ぼうとしない根っからの横着者だったのか、それともほんとうに飛べなかったのかはわからないが、チーコの得意技はクライミングだった。嘴で洋服のはしをつまみながら垂直にクライミングして人の頭の上や肩に乗っては、お得意のチーコ弁を披露する。

さて、持家に家移りしてきた当初、アンネットをリビングルームに上げていたので、視界にいつも犬がいたら恐いだろうと、チーコの鳥かごは別の部屋に置いていた。おのずと、チーコは逗子家族の目からも遠ざかることになる。チーコのことをけして忘れていたわけではないが、忘れがちになっていたことは否めない。そんなおいてきぼりの環境で、チーコはだんだん無口になっていた。

　アンネットの住居を庭に移しおわったころであろう、ある日、ふとチーコの頭を上から見たら、何かがおかしい。変というか奇妙というか、ぽつぽつと何かが突出している。何かとは毛が抜け落ちたあとの毛嚢のようなものだった。まさかこれって禿げ？　鳥も歳をとると禿げるのか、それとも皮膚病の一種なのかと危ぶんだ。しかし、もしかして、これは一人ぼっちのストレスからくる、人間式に言うならば円形禿げのようなものかもしれないと、とりあえず、家族の集まるリビングに移し、テレビをつけっぱなしにしておいてやった。そうしたら、しばらくしてチーコの頭はもとのような美しさをとりもどし、もちろん饒舌さももどった。

　そんな経緯があったから、逗子と娘の二人が英語留学でいなくなったあとのチーコの孤独感を心配した。スウィートは朝早くでかけ、夜遅く帰る。一日のほとんどを一羽で置かれるチーコにとっては独房状態である。少しのあいだでも別の部屋に置いただけで禿げるのなら、半年以上も放っておかれたら、生きる張り合いをなくし、うつ病をわずらったあげく、止まり木に首でぶらさがるかもしれない。まさか、インコが首つり自殺をした話は聞いたことはないが、なにせ、チーコの感情のありようは鳥よりも人間に近い。まずもって自分は鳥であるという自覚がたりない。だから、鳥としての身体能力が劣る。飛べないことはもとより、たまに、夜眠っているとき止まり木から落ちさえする。

だから、逗子は、誰か、チーコをかわいがってくれる人に預かってもらったほうがいいと考えた。そこで思いついたのが、ピアノの先生のおかあさんだった。当時、逗子と娘は、若い女性に一週間に一回家に来てもらってピアノを習っていた。そのおかあさんに預かってくれるようお願いしたら、こころよくひきうけてくれたのである。

おしゃれな丸型の鳥かごを新しく買いそろえ、当分のあいだの餌とともに、ピアノの先生に、ではおかあさんによろしくと、チーコを手渡した。そのときが、チーコとの永久の別れになるとは思ってもいなかったが……。

それから数ヵ月後、帰国した逗子はすぐに、「お世話になりました。これから迎えに行きますから、よろしく」と、ピアノ教師のおかあさんに電話を入れ、手土産をたずさえてチーコを引きとりに行ったのだが、その家には誰もいなかった。鍵がかかった玄関の奥で虚しく響く呼び鈴の音を聞きながら、逗子はすべてを理解した。

電話した際、おかあさんは「はい、お待ちしております」と答えていた。しかし、待ってくれてはいなかった。おそらく、とっさにそうは答えたものの、電話を置いたあと、チーコと別れたくないという感情に支配されたのであろう。チーコを手放さないと決意した彼女は、出かけたのか、それとも居留守を使ったのか、どちらにしても、チーコの返却を拒否したのである。

チーコを手放したくないおかあさんの気持ちは理解できた。かわいがってくれるのなら、それでいいと、手土産を玄関先に置いて帰った。数ヵ月以上も世話してもらっていて、返してくれでは都合がよすぎるというものだろう。諦めるのは這子のほうであった。

それから数日後、おかあさんからチーコの写真入りの手紙が届いた。そこにはチーコの様子が書かれていた。庭に出して、日向ぼっこさせて、水浴びさせて……とてもかわいい……、大切にします……と。

新しい家で、チーコはいくつ新しい言葉を覚えただろうか？

……ひなちゃぼっこ……ひなちゃぼっこ……

……みじゅあびゅ……みじゅあびゅ……

みたいな？

アンネットとの別れ

半年間の英語留学から帰国してしばらくは離婚を思いとどまる気持ちが生じている時期があった。離婚することによって子どもたちが受ける損害を考えたからである。這子が去れば、必ず新しい妻が家に入る。それは予想できた。子どもたちはすでに自立しているから精神的には大丈夫だとしても、いずれ生じる彼らの相続権持ち分は半減する。そんな思いもあって、這子は離婚話なんてなかったかのように、妻として母としてやることをやりながら淡々と過ごしていた。

しかし、こころのうちはいつも揺れ動いていた。

自分の気持ちを抑えて、このまま異質集団認知システムの一員として死ぬまで生きていく屈辱に耐えられるのか、このまま自分を殺して無為に歳を重ねてゆけるのか、と。答えはいつも同じだった。

耐えられない……。

そんなある日曜日、這子夫婦と娘はアンネットをともなって近場の山へ登ろうということになった。登り口に自動車を止めて、歩きだした。近場の低い山とはいえ、初めての山である。ルートを知っているわけではない。しかも登山道が整備されているような山ではない。それでも途中までは問題はなかった。問題は、こっちが正ルートだとスウィートが先頭になって脇道に入っていったときから始まった。

這子は入ってすぐに違うと直感したが、高草をおしわけて先頭を歩くスウィートは聞く耳を持っていなかった。獣道には違いないが、周囲の山の状況からしても、そこは山の斜面であり、人間が歩くような正規ルートではない。脇道の起点には確かに小さな道標らしきものは立っていたが、這子はその内容を確認していなかった。さっさと前を歩くスウィートについていきただけである。「これは獣道だよ、戻ろう」と言っても、「いや、この道であっている」と歩をとめようともしない。這子はそのままついていくことの徒労を思った。「じゃあ行ったら、私は行かない」と、木の根元に腰をおろした。娘もそうした。最初アンネットは這子たちのそばにいたが、高草の向こうに消えてゆくスウィートが気になるらしく、そちらの方向に鼻を向けてクンクンと泣く。そこで、這子は「ついて行っておやり」と、お尻を軽く叩いてやった。アンネットは意を得たりと、すごい勢いでスウィートのあとを追い高草のなかに消えていった。スウィートはいずれ間違っていると気づいて降りてくるだろうとは思ったが、低い山とはいえ、迷ったり足をすべらしたりと何事かあったら困る。それに、はっきりこれとわかる道があるわけではない。だから、一番の気がかりは逗子たちがいるところまで、スウィートが間違わず降りてこられるのかということだった。そういう意味で、アンネットはたいへん役にたってくれた。大きな声でアンネットと呼べば山の斜面を降りてきて、逗子たちのところにもどる。頭をなでてから「はい行きなさい」と言うと、スウィートを追いかけて再び斜面を登る。そうやって、アンネットは、山の斜面を登ったり降りたりと何往復もして、結果的に両者の位置を確認していてくれたのである。スウィートを無事に逗子たちのところまで導いてくれたのはアンネットだが、スウィートはそう思っていないであろう。

そのあと、正規ルートにもどり、まったく悪びれた様子のないスウィートのあとを頂上に向かって歩きながら、つくづく思ったことがある。結婚して以来、「俺についてくれば間違いない」式に翻弄されてきた人生をである。実際は間違いがなかったことのほうが少なかった。転居しかり、転職しかり、商売の失敗しかりと、今回のような小さいことをあげればいくつもある。いつも事始めのときは勢いがいいが、借金返済等の後始末はいつも這子の役目だった。それを非難するつもりはない。男女平等である。大変なときに夫婦が苦労をわかちあうことは当然である。しかし、国家資格を得て収入が安定したあと、スウィートは豹変した。「俺についてくれれば間違いない」に「食わせてやっている」が加わったのである。「食わせてもらっていた」いくつもの過去を忘れた男の身勝手さである。これは特に英語留学から戻ってきてから顕著になった。留学という好きなことをやらせたのだから、もう借りは返したと思ってのことだろう。

五〇歳になろうとしていた年齢は一人で生きてゆくスタート地点としてはぎりぎりの境界線上にあった。今しかない。今決意せず、うやむやに妥協したら、この先、自分は〈異質集団認知システムのなかで〉死んだ状態で生きていくことになる。それだけは嫌だと、這子は決意した。

あえて言えば……、嫁という雛型の破壊という悪意の下心も……。なくはなかった。

たとえ離婚後の道が未踏の獣道であってもいい。いや、結婚して以来ずうっと未踏の道を歩いてきたではないか、今さら恐れることはない。自分の意思で選んだ道を歩きたい。

そして歩けば自分自身のほんとうの道になる。

離婚の話し合いに際してスウィートに問うたことがある。出会いのころ這子から結婚をキャンセルされたとき、親から反対されていたのに、なぜ、あれほどまでに強引に結婚を懇願したのかと。

「初めて会ったとき、強い女だと思った。自分は甘く育てられているから、どこか弱い。自分が生きていくためには、絶対おまえが必要だと思った」

だってさ。

……夫まで育てさせられたってわけか……

呆れて、スウィートを見ると、目を真っ赤にはらしている。這子は眼をそむける。何かあれば、涙腺が弱い甘ちゃんだった。そういえば、結婚を断ったときも、別れを告げた這子の腕を離さなかったり、食べたものを嘔吐したりと、大騒ぎだったことを思い出した。

……もう、いいよね。腕を離してもらって……

再生への願いをこめて、逗子は自分の誕生日に離婚届けを出した。長い虚脱のあと「離婚するぞ！」と決意の言葉を吐きだしたあのときから三年程、そして登記済書を目の前にして離婚を予感したときから二十数年が経っていた。

思えば、逗子にとって、結婚は姿を変えた一人旅であった。孤独ではあったが、おかげで、生きさせるため、生きるために、多くのことを学んだ。すっかり長旅になってしまったが、退屈しない旅だった。

離婚の際、一番の気がかりは置き去りにしなければならなかったアンネットだった。離婚ゆえに見捨てなければならなかったという罪の意識は、エスの生まれ変わりのようなアンネットだけにはある。人間とは違い、彼らの情愛には駆け引きがないからである。

アンネット、こんなかたちで置いていくことになったけれど、許してちょうだい。今までほんとうにありがとう。

●小休止●

〈田の字〉の家のひととき

……何があろうと、家のなかの空気は明るく楽しく保ってきたと、這子は自負する。そうでなければ、這子自身が息苦しく、生きづらくなるからだ。よって、夫婦の争いごとは長引かないようにしてきた。子どもたちにとってはよい父親だったスウィートゆえに、子どもたちを中心とした日々の生活は最後の最後まで平和だったと信じる。〈田の字〉の家を背景に、当時のささやかではあるが幸せな日常を描いた小品を紹介する。

雨宿り

春、五月。雨がふりだした。そして庭の緑を優しくつつみはじめている。
この季節、この雨にうたれて青みわたる庭を美しいと思う。
やわらかな五月雨を受け、つややかに光る萌黄色は目に心地よい。

雨が若葉にあたり、はじける。聴こえるはずがない音が、それぞれ心に響いてくる。それは植物が奏でる歌声、生への歓喜……。

私は広縁のガラス戸をすべて開放し、手入れをしたためしのない自由気ままに育った庭を飽きもせず眺めていた。

すると、眼の前をスイーと小さな影が水平にはしった。

一羽のスズメだった。隣家との境にあるブロック塀に隣から伸びたカイヅカの枝が緑を濃くしておおいかぶさっている。それがちょうど傘のように子スズメ二羽を雨から守っていた。さっきのスズメは同じ塀の上、子スズメから少し離れたところにいる。どうやら、安全かどうか、付近の様子をうかがっているのだろう。しばらくしてピョンピョンと子スズメに近づき、一方の口に何かを入れ、すぐさま来たときと同じ方向へとふたたび雨のなかにもどる。親スズメはそれを数回くりかえすが、育ち盛りの子スズメたちの食欲は満たされない。口を大きく開けて、もっと、もっととねだる。

そして……、おそらく、同じ場所で雨を避けていた虫たちをとりつくしたのであろう。親スズメは他の餌場をさがすためなのか、違う方向に雨にうたれながら飛びさっていった。今度は少し高めに。

うーん、遅い。五分も経っただろうか、親スズメはなかなかもどってこない。子たちは待っている。体を寄りそい、雫にぬれまいと、じっと待っている。私も待っていた。心なしか雨足がはやくなったように思えて、帰ってこない親スズメが気になる。子スズメたちは濡れそぼっている。


電話が鳴った。

「もし、もし」と私。

「ああ、かあさん?」

「……!」

スズメのことが心にかかっている。

「うん? どうしたの?」

「あ、ううん、なんでもないわよ。ところで、どう? うまくやれている?」

「うん、まあまあだよ」

「まあまあねえ、それなら大丈夫ね。君の返事はいつでも、〝まあまあ〟だったから」

「ところでさあ、今日は母の日だろう。おれ、もう金あまりないからさあ……」

「わかってるって。声のプレゼントだって言いたいんでしょう?」

「当たり!」

「お金がないって、大丈夫なの?」

「平気、平気。なんとかなるから。じゃあ!」

と、電話は一方的に切られる。


滅入るよねぇ……こういう切りかたをされたら。しかし、ふと気づく。あっ、そうか、今のは三分以内だったから、東京からの長距離電話代は日曜割引を使って五〇〇円ぐらい、息子らしい割安なプレゼントだったのかと。それにしても、もう少し近況を聞かせてくれればいいのに。まあ、いいか、私でさえ忘れていた母の日を憶えていてくれたんだから。今度、荷物といっしょにテレフォンカードを何枚か入れてやらなきゃあ……。

息子が小学生ぐらいまでは、彼からもらう母の日のプレゼントは、ハンカチとかスリッパとか湯のみ茶碗とか、何かしらあった。しかし、中学生になってからは、小遣いの額が増えたにもかかわらず、無料のものになった。つまり言葉のサービスである。

「かあさん、天神って変わったものがいっぱい売ってるねえ、すっごく愉快な顔をしたぬいぐるみがあってね、これなんか、かあさん喜ぶだろうなと思ったんだけれど、映画を見ちゃったあとだったから、もうお金なかったんだ」

この言葉、三年前。

「かあさん、ごめんね。ぼく、母の日のために小遣いためてたんだけれど、友だちにボーリング誘われてさあ、ごめん、男の友情こわしたくないしさあ」

これは二年前。

昨年も何か言ったようだったけれど、二度あることは三度あると、そのわざとらしい言葉に、その内容さえ憶えていない。

しかし、今年は五〇〇円ぐらいを母の日のために使ったんだ！　それとも初めて親元を離れてのアパート暮らしにホームシックにかかったのかしらん？　いやあ、そんな声の調子じゃあなかったね、あの野郎、どちらかというと、口うるさい母親から解放されてせいせいしているって感じだったね……。まあ、いいか、親を恋しがって泣かれたりするよりも……。

受話器を置いて、再び外を見る。外はますます雨にけむり、すべて霞んでいる。ふと、その霞のなかに大切な何かを忘れてきたような感覚を覚えて立ちつくした。

何か忘れている。何だったっけ？　大切なこと、さんざん首をひねったのち、母親として忘れてはならないことを思い出した。それは遠いむかし、勝手仕事をしていた私に、「おかあさんの欲しいものを買いなよ」と差し出された茶封筒だった。

たしか、息子はまだ中学生になっていなかったと思う。それとも、なったばかりだったのか、新聞配達のアルバイトを自分で決めてきて、朝刊だけだったか、夕刊だけだったか忘れたが、長続きしないだろうと思っていたが、休みもせず配りに行っていた。配達場所はたしか公務員宿舎のビル数棟だったと思う。知らない場所だったから、あらかじめ二人して確認しに行ったことを憶えている。

「自分が働いて得た大切なお金だから、自分のために使ったらいいよ」

「いいよ。ぼくはおかあさんにあげたいんだ。ねえ、何が欲しい？」

その言葉に、図々しい母親は答えた。

「欲しいといえば、うちには電子レンジがないねえ」

「じゃあ、電子レンジを買いに行こう」
茶封筒には五万円ほど入っていたと記憶している。

まったく、図々しいったらありゃしない。息子の好意に甘えて、台所に新品の電子レンジを備えた母親は、そのことをまるっきり忘れ去っていたのだから。そりゃあ、当初は、「これは息子が買ってくれた電子レンジ」と、誰彼ともなく、といっても自慢する相手は誰もいなかったが、母親冥利につきた。しかし、そんな贈り物も、キッチン道具としてそこに長く置かれていると、置かれていることが当然となり、いつしか、それが息子からのプレゼントだったということを忘れ去っていたのである。しかも、息子が初めて得た労働の代価だったというのに……。

あっ、そういえば、スズメ！　スズメの親子はどうしただろうか。急いで広縁に出て、雨がやんだ隣家とのさかいを目でさがすが、もう、そこに彼らの姿はなかった。

五月雨が降る時期になると、あのときのスズメの親子と息子が差し出した茶封筒を思い出す。あの茶封筒に見合うだけの母親だったかと自問する。あのときの親スズメのような、雨に濡れそぼつのもかまわない母親だっただろうかと……。

吠日《はいじつ》之《の》怪《かい》

八月一三日、太陽が西に傾きだしたとき、汗で毛穴がチクチクと痛む首のまわりを掻きむしながら、私は、その方を見るともなしに見て愕然となった。

春先からずうっと、縁先でみずみずしく、その緑を誇っていると思っていた楓、まさに同じ場所に、枯木が立っていたからである。

そういえば、朝、鉢植えに水をやりながら、「おかしいわねえ、この楓、秋も来ないのに、もう枯れるのかしら？」と生気のない枝ぶりに、なんとなくそう思ったのは昨日だったのか、一昨日だったのか、定かではないが、一週間は経っていないと思う。

よく見ると、枯葉らしきものが尖った枝先という枝先に未練がましくしがみついている。風に揺らぐさまではなく、ぶらさがっているわりには落ちず、何かごそごそ、もそもそと揺れているその動き方が妙である。

不思議に思って、広縁に出て、網戸を開け、目を凝らす。

なんと、枯葉のふりをしていたのは、実は蓑虫だったのである。

幾十、いや幾百もの蓑虫は枯葉のふりをして、自分たちが食いつくしてしまった枝枝からぶらさがり、ときどき退屈しては、黒く光った頭を蓑の袋から出したりひっこめたりしている。

毎朝、水やりのため外へ出て、楓を見ているはずなのに、その実何も見ていない。「元気がないわねえ」と頭のすみで思っただけで、その思いは原因にまでいたらない。そして今、二メートルほどもある楓を蓑虫どもがあたかも一昼夜で丸坊主にしてしまったかのような錯覚におちいっている。

このまま放置しておいたら、楓は完全に死んでしまう。私は強い西日を背に受けながら、蓑虫どもを枝からむしりとる作業にとりかかった。むしりとってはビニールの袋に入れる。この侵略者の大群をどうしたらいいんだい？　きりがない作業に、だんだん陰鬱な気分になってゆく。腰と背中が痛みだす。

手を休め、深い息を吐いたとき、頭を蓑から出して枝の上を這っている戦士を見た。その姿はまるでエイリアンである。移動の目的は新鮮な獲物に違いないと、隣で咲いている夏菊を見る。灰汁の強い菊の葉など、まさか、食べまい、などという私の思い込みはすぐ覆された。夏菊も緑を三分の一ほど残しているだけで、その残された葉の裏で、蓑群がゆらゆらと揺れている。しかも、付近の鉢植えの葉まで食いつくそうと侵略しだしているではないか。

身体じゅうの汗腺から、どっと汗が噴いた。チクチクと痛い。かきむしりたい苛立ちで、さきほどのエイリアンを枝からむしり取ると、広縁で飼っているリスかごに近付けた。食べるとは予想はしていなかったが、食べたら、いい気味だと思ったふしはある。

予想していなかったことが起きた。

リスは興奮気味に柵から手をのばすと、私の指からエイリアンを奪い取り、両の手でしっかりと握ると、蓑から黒い頭を引き出して、上からむしゃむしゃとやりだしたのである。その仕草は、ひまわりの種やとうもろこしを食べるときと、なんら変わらないが、がっつき加減が異様である。酒に酔ったように目のあたりがうっとりとしている。

なんて、おまえは残忍なやつなんだ、生きているものを頭から食らうとは！　両の頬にひまわりの種を一杯ため込んだときのかわいい表情のおまえはいったいどこへ行った。

今さらながらに、リスが人間同様に雑食性だったと知ったわけだが、少し考えればわかる、一番残忍な本性をもっているのは誰なのかぐらいは。

そのとき、玄関番のアンネットがけたたましく吠えた。臆病なたちで、よく吠える犬であるが、それにしても脅えたように吠え続けている。来客、それともセールスの人、新聞配達にしては長すぎる。庭から玄関のほうにまわってみるが、人の気配はない。

不思議に思ったが、そんなことよりも、問題はビニール袋いっぱいのエイリアンの始末である。焼却か、踏みつぶすか、水に沈めるか、リスの餌にするには多すぎると、玄関からもどって廊下の上のそれに目をやると、なんと、ビニール袋は食いちぎられ、捕虜どもはそれぞれ勝手な方向に逃げだしている。

アンネットは吠え続け、蓑虫たちはリスかごを横目に廊下を外へむかって這い続け、リスは興奮して柵の向こうを行ったり来たりし続け、私はといえば、途方にくれて、噴きだす汗でかゆい首回りを掻きむしり続け……。
そんな、新盆の夕刻であった。

ビニールいっぱいの蓑虫をどう始末つけたのか、このことに関してはいっさい憶えていない。そのまま放置することなどできないことはわかりきっている。おそらく、アンネットを川の土手まで散歩に連れ出しがてら、どこかに捨てたのだろう。アンネットと川の土手周りを歩くことはあっても、土手の斜面をおおう背の高い草をかき分けてまで水際へ降りることはめったになかったから、流れに投げ入れたとは考えにくい。おそらく、あれら大群の蓑虫たちは命拾いしたと想像できる。

一〇〇円ケーキ

父親がケーキを買って帰ってきた。日曜日の夕方である。息子と娘が父親を囲んで歓声をあげた。ほんとうは夫が持っているケーキの箱をとりかこんでいるのであるが、父親はまんざらでもない。

一四～一五歳になってもケーキの土産を喜ぶ子どもたちを幼いと笑うべきか、ケーキの味を忘れてしまうほどの家庭の経済事情を憂うべきか、母親は苦笑しながら、コーヒーを煎れに台所に行く。娘が取り皿とフォークを取りにやってきて言う。

「かあさん、とうさんと喧嘩していたの?」

「はあ、どうして?」

「だって、土産、買ってきたじゃあない。とうさんが何か買ってくるときはかあさんと仲直りしたいときだけじゃない」

「あはは……それはそうね。でも喧嘩はしてないわよ」

実は、天神の地下街に最近開店した一〇〇円ケーキ屋のことを耳にしていた母親が、天神に出かける父親に一〇〇〇円渡して土産を頼んでいたのである。

「喧嘩していない……ではパチンコにでも勝ったか？　まさかね……」と、まだ娘は首をかしげている。

コーヒーが用意できれば、さあ今度はケーキ選び。何しろ、ケーキ箱のなかには一つとして同じ種類は入っていないからだ。バラエティ豊かに一〇種類のケーキが並んでいる。

「しかし、とうさん、恥ずかしくなかった？」と、ケーキを選びながら娘が言った。

「何が？」

「だって、私なら恥ずかしくって、こんなふうに、これを一つ、それを一つ、なんて店の人に言えないわよ。店員さんも面倒がっていたでしょう？」

「そうかなあ」

「そうよ、やっぱりとうさんって並みの神経じゃあないね」

娘はケーキを頬張り、並みじゃないと評された父親は別段気にするふうもない。

まだ選びかねている息子はケーキの箱に覆いかぶさるように顔を近づけるので、よだれやフケが落ちるのではないかと、母親は気をもむ。

父親と母親は遠慮がちに息子の顔の横からケーキを選んで食べだす。決断力の乏しい息子は、一番おいしそうなのを選ぶつもりが、結局は残り物を食べる格好になっている。

しばらくのあいだ、口を動かす音だけで静かだったが、娘の皿が空になると、またざわざわしだす。

「とうさん、味見させてえ」

と、娘が父親の皿のケーキにフォークをのばす。父親はすばやくそれをさえぎり、「キスを一回」と、自分の頬を娘のそれに近づける。娘は父親のケーキの魅力に負けて、しぶしぶ父親の頬にチュッとやる。それは数回行われて、娘は父親のケーキをせしめ、父親は娘との遊びを楽しむために、自分の取り分のケーキをわざと残しておくという算段である。

そのあいだのなんと騒がしいことか。娘は父親の顔にチュウをする度にハンカチで唇を拭くし、父親はキスの仕方に誠意がないとか、ハンカチで拭いてはだめだとか、ケーキを盾に娘との接触をなるべく長く楽しむ魂胆である。

「かあさん、ぼくもキスしてあげるから、ケーキをちょうだい」

ニキビに囲まれた息子の明太子のような唇が目の前にせまってきて、母親はぎょっとなり、とっさに自分の取り皿を手元にひきよせていた。

「ニキビに甘いものは禁物なのよ」と、母親はあらためて息子のニキビ面をまじまじと見る。むかしの天使のような顔はいったいどこへ消えてしまったのやら、やたらごつごつと骨ばり、幼児のころのかわいい面影は微塵もなくなっている。いくら愛する息子でも、冷静に言わせてもらえば、第二次成長期真っ最中の息子を「気持ちわるーい」と思いながら眺めているのであって、最近ますます爽やかに美しくなってきた娘を眺めるようにはいかない。

「ねえ、かあさん、かあさんにできる？　ケーキを一つ、一つ、くださいって」と、父親のケーキまでをたいらげた娘がむしかえす。

「そうねえ、私なら、どれでもいいから、とにかく一つずつ別なのを一〇個くださいって言うかな。とうさんだって、そうしたんでしょう？」

「いいや、ショーケースの前を行ったり来たりしながら、これ一つ、あれ一つって、一〇回頼んだよ」

「ほらあ、やっぱり、とうさん変わってるよ、恥ずかしい！　かあさん、よくこういう人と結婚したわねえ」

「こら、何を言うか、こいつめ！」

と、拳をふりあげた父親の顔が……さも幸せそうに笑う。

一〇〇円ケーキを囲んでの家族団らんの光景がそこにはあった。子どもたちがどう思っていたかは知らないが、貧しくても家のなかはあくまで明るく楽しくと、私は努めてきたつもりである。高校卒業までの門限は午後六時、外泊は禁止……等と、彼らにとっては厳しい母親だったかもしれないが、そのかわり、悪に染まったり事故にあったりというリスクから遠ざけることはできたと思っている。そんな母親を、おそらく彼等は嫌っていただろうし、今でも嫌っていると思う。しかし、それでも私はいいと思っている。貧しくてもそこには四つの笑顔があった。

かあさん行ってくる

今夜は眠ってはいけない。寝たら殺られる。眠くって朦朧とした頭に明日の夕刊一面の見出しがうかぶ。……受験地獄、またも中学生の親殺し！

家には金属バットはないから、小見出しには〈兇器は出刃包丁〉となるか、それから新聞社や放送局の人間が波のように押しよせてきたら、インタビュウにどのように答えようか。それとも玄関にカギをかけ押し入れの奥に潜み居留守をはかろうか。

いや、ちょっと待って、死ぬのは私だから、そのときは霊となって上から下の様子を眺める立場だったのだ。死体になった私にも、幽霊の私にも「どうして殺されたのですか」などと訊くわけにはいくまい、と下を見れば、「私は、人類の敵、母《はは》が島《しま》の鬼を退治したのです」とのたまう息子の、なんと爽やかな顔がある。

「いやあ、君は実によくやった。これで地球も平和になる。君は歴史に名をのこすだろう」などと、まわりのインタビュアたちも興奮して口々にさわいでいる。

「君はぼくたち中学生の鏡だよ。これで明日からファミコン、ビデオ、漫画本三昧だ。勉強から解放されてバラ色の人生だ」

……ヤッター、ウレシイ、スバラシイ、ワイワイ、ガヤガヤ……

ん、何か違う。あら、いつのまにか、さっきのインタビュアたちが詰襟制服の黒い集団になってしまっている。それらが羊の群れのように、幾重にも重なりあっては消えていった。

夢か、夢想か、はたまた幻想か！

まさかあ、我が子にかぎって、いやそういう油断が危険なのだ。私はこの若さで死にたくないし、と、まだ頭は混沌としている。

何時かなと時計を見れば二時を少し過ぎている。やはり、まずかった、父親の不在のときに一戦を交えたのは。とにかく、敵の動きを探らねばと、炬燵のなかで根がはえたような身体をおこして、いざ敵地視察。

物音をたてずに襖の隙間からのぞくと灯りは消えていて、微かに寝息が聞こえてくる。さっきまで唸り声のようなストレス発散の奇声を発していたのに、と思いながらそうっと襖を開け、外からの薄あかり下で顔を覗きこむと、確かに眠っている。

緊張していたのは私だけか、一時休戦措置をとった息子に、なんとなくホッとして、私も眠ることにして、布団に入り、手足を思いっきり伸ばす。

母親が息子と邂逅したのは、たった一時間程度の陣痛のあとだった。初産にしては悪阻もなかったし、その点では確かに母親孝行の子ではあったが、真っ赤でしわくちゃな顔は乳児室で眠る子らのなかで一番醜いと、若い母親は思った。

その醜い猿のような顔が女の子と間違えられるほど、目もとぱっちりとかわいらしくなったのが、生後三ヵ月をすぎたころである。これが一度目の変身（変態）である。顔と同様に優しくておっとりした性格は、子ども独特の理不尽な我がままで、育児に未熟な母親を困らせるようなことはなかった。

二度目の変身（変態）は小学校へ入学してしばらくしてからである。乱視のまじった強い近眼のための眼鏡と歯の矯正器具、そのうえ校則の坊主頭。ズボンはいつも正常な位置からずり落ち、白いシャツをお腹から出して、ズックの後ろをふんづけて歩く姿はどう見てもかっこ悪い。これなんかは外見などに拘らないおおらかな性格だと、親の欲目は見るが、集団生活のなかでは、どうしても「鈍、のろま」という評価をいただいて、通知表もそれに見合うものであった。

三度目の変身（変態）を願って中学校へ入学して以来、親としてはそのときを待っているのだが、まだ時期は到来せず、そのまま中三の冬を迎えてしまったのである。「入試の日」は必ず来るのであるから、受験制度が悪い、学歴社会をなくせなどと叫んでみても、どうにもならない。

「我が子は大器晩成型なのよ、完全変態型なのよ、今は蝶になる前の〈さなぎ〉状態なのよ」などと、親の欲目でゆったりと育ててきたけれど、もう悠長に待ってはいられない。それに、息子は不完全変態型なのかもしれないから、三回目の変態はないのかもしれない。そう思いこみだしたら、息子の顔が眼鏡をかけたごきぶりに見えてきた。

息子が蝶になって羽ばたく日を夢見る母は一人もんもんと悩むのだが、当人は机の本箱に漫画の単行本をずらずらとコレクションして読んでいるのである。

教科書を破ったりいたずら書きしたりはなんとも思わないらしいが、それらコミック本はお宝のように扱い、ページの隅を折るのも嫌う。

中三の冬という時の認識を間違えている息子を喚起すべく至上命令を下したのが昨夜のこと。三ヵ月間の条件付きで、宝物は三つの段ボールにおさめてお蔵入りとさせたのである。

ところが、たった一日でお蔵は破られ、ご禁制の書は持ちだされたのである。

母親の怒りの炎は燃えあがり、理性のかけらもなくして、段ボールの中身すべての焼却を命じた。我が家の経済上、是が非でも、どこでもいいから、公立高校へ入ってもらわなければという焦りが母親にはあった。これらを燃えつくさないかぎり、息子の未来はないと錯覚する母と、これらがないと生きていかれないと思いこむ息子との、オーバーに言えば命がけの闘争があったのち、それらすべては焼却炉に乱暴に投げこまれ、今、まさに点火の一瞬を迎えた。

マッチ一本の小さな炎は本に燃え移り、見る間に大きな炎となって、闇間に息子の顔を浮き上がらせる。赤く染まった阿修羅のような顔は流れる涙で汚れ、怒りのエネルギーは全身を小刻みにふるわせ、両手の拳に憤怒の塊となって集まり、堅く握りこんだ指のあいだからは血が滴ってくるかとさえ思われた。怒涛のようにおしよせる慟哭は喉もとでおさえられてうめき声となって漏れている。

冬の冷たい夜空を震撼させる押し殺された声と、初めて見る苦渋にみちた息子の顔に、愚かな母は、彼の癒えることのない傷を感じて強く後悔するのだが、炎の光のなかに浮かびだされたその表情の陰影に大人を、彷彿として垣間見たような気もしたのである。

一夜明けて、黙々と朝食を食べる息子の顔を盗み見れば、母の視線を無視したその眉と目はつりあがっていて、終始無言のまま、「行ってらっしゃい」の呼びかけに、荒々しく玄関の戸を閉めての登校。

二夜あけて、余計なことはしゃべらないけれど眉と目は水平にもどり、「行って……く……」の返事は微かながら聞こえてきた。

三夜明けての登校は、いつものとおり、「かあさん、行ってくる」になり、その一言で家じゅうの空気は緩んだのである。

漫画と別居できたのは一〇日間ぐらいであろうか、またもや新しいコミックが机の上に住みつきだしたけれど、教科書や問題集も同居しだしたから、母は知らないふりをすることにした。何よりも緩んだ空気のほうが好きだったし、呼吸するのに楽だったからである。

あの夜から長い時間が流れた。今、息子は五〇歳近くになっているはずである。大学への進学を望まなかった息子は高校卒業後、就職して親元を離れた。

早い巣立ちであった。就職したのち二〜三年は、盆暮れに帰ってきていたが、ある年の暮れ、私に対して何か気にさわることがあったのだろう、「明日、もどる」と言いだした。「元旦ぐらい家族と過ごしたら」という私の言葉には耳をかさなかった。次の朝、最寄りの駅まで車で送った私に、「しばらく帰ってこない」という言葉を残して車のドアを閉めた。そのまま振り向きもせず駅舎のなかに消えた息子の背中、それが私が最後に見た息子のすがたである。その春、私自身が離婚で家を離れたこともあり、あの大みそかの朝以来、私は息子とは会っていない。おそらく、互いにすれ違っても、もう互いを認識しないだろう。この点でいえば、息子は完全変態を成し、ほんとうに「飛んで行って」しまったことになる。

赤い靴

娘は今年の春、中学二年生になった。親に似ず美しいと思っていたが、最近、そうでもなくなった。やはり、DNAはだませないということだろう。部活のテニスの練習で日焼けし、髪も顔も赤茶色。歯の白さでおもて面だと判明するといっても大げさではない。

身長が、この夏休みのあいだに、私を三センチほど追い抜き、一六二センチになった。しかも目標は一七〇センチらしく、毎日、牛乳をせっせと飲んでいる。

運動音痴の母親に似て、通信簿の体育の欄はいつも三か二。しかし負けん気だけはあるらしく、小学低学年のとき、放課後の校庭まで、毎日ひそかに通い、鉄棒の逆上がりをものにしたり、「五年生になって泳げないのはクラスで五人だけよ、悔しい」と、自ら水泳教室へと通い、すぐに五〇メートルをものにしたりと、親の手をくわえないわりに、けっこう頼もしく育っている。いや、親が干渉しないから、本人に危機感が生じて、自ら頼もしく育ったといえる。

頼もしいといえば、娘の足である。これが実に頼もしい。二～三年前すでに二四センチはあった足はとどまるところをしらないように育っているのである。しかも幅広で甲高ときている。

「おかあさんがケチだから、私の足がこんなに大きくなってしまったじゃあないの」

「なんじゃい、それは？」私のケチ根性つまり私の合理主義（倹約）と娘の足と、どう因果関係があるのか、私はキョトンとするしかない。

「おかあさんが、なるべく長く履けるようにって、大きめの靴、大きめの靴をって、ぼくに（娘による自身の呼称）履かせるから、ダブダブの靴のなかのぼくの足は、こんなに大きく育っちゃったんだよ、ああ、いやになっちゃう！」

娘は今にも泣き出しそうな表情で叫んだ。サイズ探しのため、奥の在庫品を見に、何回も往復してくれていた中年婦人の店員がクスッと笑った。二年前、修学旅行に履いていく靴を買いに行ったスーパーの靴売り場でのことである。

そのとき六年生の娘の背は私よりも五センチほど低かったが、足だけは私より一センチ大きかった。娘の気にいるかわいいデザイン物は、どうもサイズが小さめにできているらしく、同じ二四センチでも、つま先を圧迫してくるらしい。「そのタイプは、それ以上のサイズはないんですよ、すみません」と、大きいサイズをと頼む私に、中年婦人は申し訳なさそうに呟いた。

「大きな足には、かわいい靴は似合わないって、メーカー側が作らないのよ。……いいかげん、どれか決めてちょうだい、足に合いさえすればいいじゃあないの。男物から選ぶという手もあるわよ」

あれじゃあない、これじゃあないと、もう三時間近くも娘の買い物につきあわされて、疲労困憊の私の口調には、多少のとげがあった。さっと娘の顔がくもった。私を睨んでくるその目は、今にもこぼれそうな涙でいっぱいだった。


当時の私は買い物が好きではなかった。人混みにも疲れるけれど、乏しい財布の中身と相談しながらの買い物など楽しいわけがない。欲しいもの、気にいった物がいっぱいある売り場を素通りして、お買い得品の陳列棚から、品質や好みよりも値札を見て選ばなければならないからだ。ショッピングは一番のストレス解消法だわと、それを実践している友人もいるが、私は反対にストレスがたまる。私だって、買いたいものは山ほどある。購買欲だって人並みにある。しかし、それら欲望を満たしていたら、我が家の家計はパンクする。それがわかっている私は欲望を抑えなければならない。つまり、私にとってショッピングはストレス以外の何ものでもない。華やかなデパートや天神地下街を歩いたあとは、特にひどい。私の気分はうつ状態になる。しかし、そんなことでは生きていけないから、一晩ぐっすり寝て開き直ることにしている……。

高尚な自分の精神はいかなる物質文明にも侵されない。プレタポルテがなんだ！　ブランドがなんだ！　それらを手に入れることと、自分の生き方とは何ら関係がない。私の人生の価値はもっと別のところにある……と、要するに負け犬の遠吠である。

こんなこともあった。「ああ、あの一〇万円のパンツスーツは欲しかった、クレジットでもかまいません、と店員も言ってたことだし、買ってくれればよかったかなあ」と、二晩寝ても遠吠えが続いたとき、娘が不思議そうに訊いた。「かあさん、それ着て、どこへ行くの？　どこか着て行くところがあるの？」と。

そうです、そうです、そうでした。着て行くところがございませんでした。わたしゃあ底流家庭の一主婦でした。ブラウス二枚、スカート二着、そしてカーディガンが二枚程度あれば生きていけますよーだ。

さて、話を靴売り場にもどす。私のやけくそな言葉に、娘は声をくぐもらせて、「少しぐらいきつくたって我慢する」と返した。

「ダメ、ダメ、ぜったいダメ！」

「なぜ？　いいじゃあーないのー」

「わかっているの？　修学旅行は歩くのよ。小さい靴で無理して行ったら、足にまめができちゃって、痛くて、楽しい旅がだいなしだから、大きめを買ったほうがいいに決まっているのよう」


そんなふうに言いながら、私はふと思い出した。私が娘に大きめの靴を常にあてがうようになったのは、そもそも魚の目事件以来だったのではないかと。

娘が小学二〜三年生のころ、彼女の右足の親指の裏に魚の目ができたことがあった。魚の目ぐらいと放置していたら、その親魚の目の右側に子ども魚の目が、そしてその右側に孫魚の目がと、三つ並んで、大きく、堅く、膨らんでしまっていた。もう魚の目ぐらいとあなどるわけにもいかず、外科で切りとって始末をつけてもらったことがあった。したがって、私は、そのときの医師の忠告「魚の目ができやすい体質のようですから、これからはゆったりとした靴を履かせてやってください」に従ってきただけであり、けして靴代をケチってきたわけではない……と、親の威厳をもって声を大にしたいところだが、いささか心にとがめるものがある。

　私は、まだ履ける靴をうっちゃることができない。もったいないと思うのである。だから、成長の早い子どもの足にあわせてこまめに買い替えてやるべきところを、そうしてやらなかった。大きめの靴を買っては、足が成長して窮屈になるまで履かせた。そこまで利用された靴は、擦り切れたり、底のゴムが薄くなったりと、私は潔くゴミ袋に投げ入れることができた。しかし、今にも頬を伝わりそうになっている目の前の娘の涙が、私のこだわりのせいだとは思いたくない。同じように育てた息子の足は平均並みだから、娘の足は父親に似て大きいのだ。悪いのは父親であって、私のこだわりのせいではない。

　とはいえ、この際、私はこのこだわりを捨てた。女の子が修学旅行中おしゃれをしたいと思うのはわかる。修学旅行を楽しんでほしい。つまり、多少高額でも、奥の棚から選ぶことを許したのである。娘は最初から目をつけていたらしく、すぐ一つの赤い靴を選んできた。それは二四センチでも、彼女の足にぴったりとフィットした。その一瞬、娘の濡れそぼった瞳が、靴の赤さを受けて、照れたように輝いた。

　その赤い靴は、娘の足の成長に追いつけず、修学旅行のとき以来一度も履かれることなく、娘が中学二年になった今もなお新品同様に下駄箱で輝いている。

結局、娘の足がいかほどまでに成長したのかは知らない。ただ、中学生になってからは、彼女のズック靴は、踵はまだ真新しいのに、爪先部分に三つも四つも穴があくようになり、けっこう頻繁に新しい靴を買わされていたように記憶している。今思えば、娘は足が大きくならないように、きつめの靴を買って履いていたのじゃあないのだろうか。

爪先にいくつもの穴があいていても見るからに真新しいズック靴を、私は捨てられず、例の赤い靴の横に山のように積んでいたが、結局、彼女が高校生になり革靴を履くようになったので、潔く処分した。そして赤い靴はといえば、私が頂戴した。私にとっては少し大きめのその靴はゆったりと私の足を包みこみ、履き心地は快適だった。赤色の靴を履くと、なんとなく気分が晴れやかになり、もちろん私の足はもはや成長しないから、たしかこれ以上は無理というところまで愛用したと思うが、いつ廃棄したかまでは記憶にない。

第三章

新実効環境

―アメリカ＆三島―

娘の愛猫スバル

離婚後、アメリカでの歳月は流れ、大学編入のためワシントン州からユタ州プローボ（Provo）に移った這子のアメリカ滞在期間は、大学卒業まであと一年を残すのみになっていた。そんなとき、日本の大学を卒業した娘が、アメリカでもう少し学びたいと、牡猫のスバルをともないやってきた。

スバルは純白の毛が美しい牡猫だった。子猫のとき娘が通う大学構内で拾ったと言うが、拾ったというよりも出会ったといえるほど、娘とスバルとの密着ぶりは並みではなかった。

這子は、大学入学という娘の自立を待って離婚し、渡米したので、娘は口には出さなかったが、両親の離婚と故郷を離れての一人暮らしという二重の寂しさがあったのではなかろうか。そんな孤独な生活を支えてくれたのがスバルだったに違いない。「親とは離れられてもスバルとは離れられない」が娘の口癖だった。

台所・風呂・トイレを共有するペット禁止の学生アパートの狭い一室で、鳴き声ひとつあげずに、発覚されずに、一人と一匹は住みつづけたのであるから、その功績はスバルの猫ばなれした性格にあったと、実際にスバルと暮らしてみて、そう思った。まさにスバルは奇跡の猫だった。

掃除や料理はほとんどしない娘だったが、スバルのことに関しては、毛を刈ったり、爪を切ったり、シャンプーしたりと、よく面倒をみていた。こまめに、いろいろとやっている娘よりも、何をされても従順に身動きしないスバルに感心したものである。娘が着せるペット用の服にも、まるで着せ替え人形のように順応していた。

スバルの最初の奇跡的インパクトは甘噛みだった。白毛の猫は外に出なくても、どことなく薄汚れてくる。アメリカに来て最初のシャンプーのときだった。アメリカ式のシャワーの使い勝手に手間取ったらしく、娘に呼ばれてバスルームに行ったら、すでにスバルはずぶぬれ、身も世もない姿になっていた。娘からスバルをおさえておいてと頼まれ、両手で前脚をつかんだ。その途端、スバルはその手を噛んだ。「痛っ！」と身構えたが、予想に反して痛くなかった。甘噛みだったのである。その感触は心地よかったぐらいである。

もちろん、スバルは猫であるが、猫という生きものを越えていた。まさに人間並みに娘の相棒だった。そのぶん、這子にはけして懐かなかった。スバルにとって這子は単なる同居人、つまり、一つ屋根の下に誰かもう一人いるとしかみていなかったのではなかろうか。というのは、這子がプローボで借りていたアパートは二ベッドルームだったので、それぞれに一つの部屋を使っていたが、娘が不在で、這子が在宅していたとき、スバルはけして娘の部屋から出てこなかったからである。

逆に、娘が在宅しているとき、スバルは常に娘の周辺にいた、というよりも娘の身体のどこかに密着していたというほうが正確である。ときに娘が白いものを着ていて、スバルの全身が天然（スバルはたいてい服を着せられていた）のときは、一人と一匹が同化する現象が起きていた。

こんなことがあった。あるとき、ソファーに寝そべって本を読んでいる娘の近辺にスバルの姿が見あたらない。知らないでバスルーム等に閉じ込めちゃったのかと心配になって、あちこち開けてみるが、いない。「スバルがいないよ、外へ出ちゃったのじゃあないの?」と娘に言ったら、娘は怪訝な顔つきで自分の脇腹のほうを見た。よく見ると、スバルはなんと身体全体をぴったりと娘の脇腹に寄せて寝ていたのである。白毛のスバルは娘が着ていた白いセーターに紛れ、その存在を消していたのであった。

特にスバルが特殊だったのは、娘に命令（娘の命令のみに従順）されれば、されるままに同じ姿勢で長い間動かずにいたことである。だから、ハローウィンやクリスマスには、スバルに変装させたり、顔に化粧をしたりと、よく彼をおもちゃにして遊ぶことができた。ああじゃない、こうじゃないと、着せ替え人形のように、洋服を取っては替えて着せられ、ソファーの上で娘にポーズをとらされたスバルは、言われたままに動かない。そんな彼を被写体に、這子は好きなように写真をとることができた。他の猫だとそうはいかない。

そんなスバルから他人行儀に扱われていたが、もともと動物好きの這子はスバルと娘との同居生活を楽しんでいた。

休日は娘とよくショッピングに出かけた。あるとき、スバルのための何かを買うという娘についてペット用品店に入った。その店の一画にケージが備えつけられ、子猫たちが何匹か入っていた。ボランティア団体が運営する里親探しの子猫たちであった。里親になる資格は予防注射諸々込みで六〇ドルぐらいだったと憶えている。

そのなかに特に這子を魅了する子猫がいた。バーマンという種だった。里親になろうか、六〇ドルぐらいなら払える、いやお金の問題ではない、ここは日本ではない、いずれ日本に帰る身、そのときはどうするのか、やはり、やめとこう。しかし……と心は揺れた。結果的に、娘の言葉「おかあさんもスバルのような猫をもったら」が這子の気持ちを里親になる方へと傾け、その子は這子たち家族の一員になった。

しかし、元気だったのは、二〜三日だったような気がする。下痢と嘔吐をくりかえし、何も食べず、飲まず、ぐったりとしだした。容態が急激に悪化した日が悪いことに週末で、病名や原因が何なのかわからないままに、休日診療の獣医をようやく探しだして連れて行った。片言の英語で容態を説明したが、理解してもらえたかどうかもわからない。注射をしてもらったのか、薬をもらったのか、そのときの詳しいことはもう憶えていない。憶えていることは、子猫の容態は一向に回復しなかったことである。放っておけば死ぬにきまっている。途方にくれた這子は、子猫を譲り受けたペット用品店に子猫を連れて行き、病状を説明し、こんなにすぐに具合が悪くなるのはおかしい、どうにかしてと頼んだ。這子は子猫への医療的治療を期待していたのだが、店員がとった処置は里親契約の解消であった。店員は子猫を無造作に受け取り、これで一切終わりという態で、店の奥に消えた。その店員の態度で、なんとなく子猫の運命を理解した這子は、後味悪い思いで、ペットショップをあとにした。

悲劇は子猫の死だけに終わらなかった。子猫は悪い伝染性の病気にかかっていたのだろう、スバルが子猫と同じ症状を示しだしたのである。獣医に連れて行ったが、食べない、飲まない。毎日少しずつ衰弱していった。二人の期待も虚しく、彼の容態は一刻そして一刻と死へ向かい、一週間ほどで旅立ってしまった。

一週間なんて長い人生のなかではあっというまの時間である。しかし、なぜか、死と直面するときの時間はゆっくり流れる。とくにそのときの這子にとっては長い時間だった。自分の気まぐれがスバルを今まさに殺しつつあるという罪悪感が痛かったせいだろう。娘はとりたてて這子を責めなかったが、気まぐれに子猫の里親になどならなかったら、スバルを死なせることはなかった。

だんだん冷たく、そして硬くなっていくスバルを胸に強く抱き、静かに涙を流している娘。彼女の悲嘆は察するにあまりあった。彼女にかける言葉なんてあるわけがなかった。黙って見守るしか術はなかった。

公園の猫家族

プローボのアパートの敷地内には子どもたちのための遊具や砂場をそなえた小さな遊び場があった。その遊び場の芝生の上に、同じような顔をした子猫たちが数匹、母猫を遠巻きにして、ちょこんと座っている姿が目につくようになった。近づけば、鼻に皺を寄せてヒーッと牙を向けてくる。けして人間には慣れないノラ猫の習性である。しかし、ノラ家族にしては、それぞれにきれいな猫たちだった。

娘か、這子か、どちらからともなく、残っていたドライフードをプラスチック容器に入れて、遊び場に置くようになった。

どれくらいかして、玄関ドアがノックされた。開けると、同じアパートに住む白人女性が立っていて、「猫が轢かれて死んでいる」と、その方向を指した。見ると、アパートの前にある駐車場通路に動かない一つの塊があった。

ノラ家族のどの子猫なのかわからなかったが、おそらくそのなかの一匹であろう、その躯の片付けがなぜに這子たちに託されたのか、這子たちがその猫の持ち主だと思ったのか、それとも餌を遊び場に置いている這子たちに責任があると思ったのか、とにかく、そのとき娘と這子は顔を見あわせて、「オッケー」とその白人女性に頷いたのである。

頷いたところで、這子たちに方策があったわけではない。スバルのときは、娘の意向で、業者に託して、遺骨を小さな箱に納めてもらったが、ノラ子猫のためにそんな散財をする責任まではない。まず思いついたのは埋めることだったが、どこに？　アパート住まいの這子たちにそんな土地はなかった。

さて、どうしようか？　捨てるか埋めるかどちらかにしても、そのへんに放置するわけにはいかない。とりあえず、タオルに包んだ躯を靴の空き箱に入れ、そして自動車のトランクに入れ、這子は自動車のハンドルをにぎった。どこへ行くのと助手席の娘が訊く。どこへ行こうかと自問しながら、エンジンをかけた。

アパートの敷地から出て二〜三ブロックほど走ったところで、あそこならいいかもと、ふと思い出したのが、ある公園だった。

アパートから自動車で一〇分ほど走ったところに自然豊かな公園があった。幅五メートル以上はある豊かな水量をほこる川が流れ、カモやアヒルが自由に遊んでいる、緑に囲まれたいわば穴場的な公園があったことを、思い出していた。子どものための遊具がある公園ではなく、自然のなか自由に散策を楽しめるような、そんな公園である。以前、偶然にその公園を訪れたとき、こんなところにこんなにも豊かな自然があると感嘆したことがあった。

そこで、そちらの方向へとハンドルをきった。平日の昼ごろ、時間が時間だったのだろう、幸運にも駐車場には一台の自動車も停まっていなかった。箱をもった娘と這子は車から降りて川岸へと歩いた。川は水しぶきをあげて勢いよく流れていた。二人は箱を流れに浮かべるための適当な足場をみつけ、足をすべらせないように注意深く川べりまで下り、流れに落ちないように、這子が娘を後ろからささえ、娘は安定した状態で、箱を川面に静かに置き、そしてその箱を流れに乗るように静かに押した。手順は完璧だった。箱のなかの躯は川下へとゆっくり流れてくれるだろうと思っていた。ところが、箱は五メートルも行かないうちに激しい流れにとられて傾き、沈んで、あっというまに見えなくなってしまったのである。「子猫物語」という映画をむかし見たことがある。その映画のなかで箱に入れられた子猫が無事に川をくだるシーンがあったが、実際にはそんなシーンのようにはうまくいかなかった。まあ、箱のなかは死んだ猫ちゃんだったからよかったものの、生きた猫ちゃんなら溺れさせていたところである。

そんなことがあってからも、這子たちとノラ猫家族との付きあいは続いた。まあ、猫好きな人間から定期的に食べ物が手に入るという、彼らにとっては都合のいい関係である。

ちなみに、子猫たちは何匹いたのだろうか、離乳したてのときは、母猫を遠巻きにして七～八匹はいたようだが、大きくなるにつれて、目にする彼らの姿は一匹、二匹と少なくなっていった。前述の子猫のように自動車事故にあって死ぬものもいれば、どちらにしても彼らはいやがおうでも自立しなければならず、自分自身の環境を求めて旅立っていく。

その兄弟姉妹のなかで、いつまでも母親から離れない一匹の猫がいた。たしか男の子だったと記憶している。目のまわりがパンダのように縁どられていたから、這子たちはその猫をパンダ君と呼んだ。なぜ、彼だけが残ったのか。彼が這子たちからの食糧を独り占めするほどに強く、他の兄弟姉妹猫を追いやったからか、それとも、その反対で、弱かったから、兄弟姉妹猫からテリトリーを譲られたのか、ほんとうのところは知りようがないが、面白いのは次の話である。

ノラを飼い猫のように手なずけられるだろうかと、娘が企んだのである。まず、キャットフードを入れたブルーのプラスチック容器を、猫が住まいとしている遊び場から、這子たちのアパートの玄関ドアを解放し、その入り口あたりに移した。水を入れた容器も置いた。置くのは二人のどちらかが在宅しているときだけである。パンダ猫は生まれつきのノラ、つまり野生である。餌の置き場を単に変えただけではパンダ猫をアパートへと誘うことはできないと、娘がとったのがソーセージ作戦であった。細かくちぎったソーセージを、遊び場からアパートの階段そしてアパートの入口までと、点々と置いて、パンダ猫を誘った。獲物を罠まで誘い込む作戦である。

さて、当初はそんな作戦にやすやすと乗ってこなかったパンダ君だったが、ソーセージの香りには逆らえなかったのだろう、やがてアパートの玄関から部屋のなかを覗くようになり、玄関先でくつろぐまでにはなった。しかし、野生の習性が人間と折りあってくれたのはそこまでで、キャットフードやソーセージのかけら以外に対しては、威嚇の唸り声を発し、その習性は時がたっても変わらなかった。

ある夕方、すでにあたりは暗くなっていたと思う。いつものように、勝手知った様子でアパートの玄関口にパンダ君がやってきた。しかしキャットフードの入った容器には近づかずに、その少し手前で体勢を低くしてしゃがんだのである。いつもと様子が違うと見ていると、パンダ君の向こうの薄暗闇から一つの黒い影がすーっと現れ、おもむろに容器のなかのキャットフードを食べだしたのである。

その黒い影には見覚えがあった。子猫たちがまだ小さいころ、いつも子猫たちの中心にいた彼らの母猫である。成長しきった牡猫のパンダ君よりひとまわり小さいが、息子に見張らせて息子のために用意されたものを堂々と食べる態度は威厳に満ちていた。

「おまえ、ときどき口のまわりにいい臭いさせているけれど、おいしそうなそれはどこで食べているんだい？」と母猫が勝手についてきたから、パンダ君、自分の空腹を我慢して母親に食べさせたのか、それとも、「おいしいものがあるからついておいで」と母親に食べさせたいという彼の思いなのか、どちらにしても、這子は多少びっくりした。いや非常に感心したというべきか。その母猫、それからもときどきパンダ君といっしょに訪れることはあったが、常にというわけではなかった。そして単独ではけして来なかった。おそらく、息子のテリトリーは奪わないという母猫としての愛情なのかもしれない。

ちなみに彼女にはきまった通いの旦那猫がいて、ある時期になると現れた。大きい身体と顔をもつ茶色のトラ猫で見るからに精力的で凶暴そうだった。汚れきった大きなずうたいは、人間でいえばさしずめ、組のボスまではいかないまでも、街のチンピラよりも上格には見えたとはいえ、どことなく品がある母猫の相手としては、「あんなやぼったい男のどこがいいのさ」と思ったが、まあ、男女の関係は、人間にしても猫にしても、他者には計り知れないものである。

母猫がパンダ君といっしょに現れるようになってしばらくして事件が起こった。玄関口が猫界のユー・チューブにでも載ったのだろうかと思うぐらい、夜になると、暗闇にまぎれて我が家の玄関先、あちらに、そちらに、そしてこちらにというぐあいに、光る対の眼が現れるようになったのである。しかも、目を凝らすと、どの猫も大きくて一癖ありそうな個性派ばかりで、一触即発の食糧争奪戦の気配である。もし食料争奪戦が勃発したら、近所迷惑もいいところである。早々に玄関口無料食堂は閉鎖の憂き目をみたのであった。それにしても情報交換の場である猫会議というものがほんとうにあると思わされた出来事だった。

言語を共有するものどうしの交流は普通であるが、言語を共有しない異種間の交流は別ものである。別ものだから愉快なのである。プローボのアパートで大いにノラ猫家族との交流を楽しんだが、これが日本だったら、そうはいかない。ノラ猫にえさを与えようものなら、確信犯として隣組総出の非難ごうごうの渦中に立たされたであろう。

ワトソンとの邂逅

この話もプローボでの出来事である。ある日の朝方、向かいの犬が異常に吠え続けていることに気がついた。何かあったのかと窓の外を見ると、塀の上で子猫がうずくまっている。どうやら、犬は塀の内がわから吠えているらしい。畏縮したのか子猫は動けないでいる。二人の少年が困ったようすでうろうろしていた。急いで外に出た。子猫を抱きかかえ、「この子猫は君たちのものか？」と尋ねると、少年たちはいっせいに首を横にふったので、子猫を抱いて部屋にもどる。とりあえず、空腹だろうと、ミルクを小皿にいれてやると、よく飲んだ。

どこから来たのか、飼い主を探さなければならないだろうかとも思ったが、娘にはその気がないらしく、さっそくワトソンと名づけた。彼女が言うに、シャーロック・ホームズよりドクター・ワトソンが好きだからということだった。

きちんと座る姿がなんとも品がよく愛らしい。四つの脚には白いブーツ、首には白いマフラー、まるでタキシードを着こんだ紳士というところである。しかし、どこをどう彷徨していたのか、とにかく汚れていた。汚れで固まった毛の塊がいくつもあり、耳の後ろにあったそれを、逗子は当初、毛の塊の下に皮膚がある余分にある奇形の耳だと疑い、奇形だから捨てられたのかなと思ったぐらいである。塊のなかに皮膚があるのなら、ハサミで切りとることはできないと、温めた濡れタオルで拭いた。奇形耳はなかなか消えず、ああ汚れだったのかと気づいたのは大分あとになってからである。ちなみに、そのときのワトソンはおそらく生後三ヵ月ぐらいにはなっていただろうと思う。

ワトソンがやってきた時期と、パンダ猫が我がアパートの入口まで近づいた時期とは重なっていたのだろうかと思い出してみると、今となってははっきりとは思い出せないが、少しだけ重なっていたかもしれない。ただ、スバルを猫の伝染病であっというまに死なせてしまったことから、ワトソンとパンダ君をふくめたノラさんたちとの接触を極端に恐れていたこともあり、ワトソンを外には出さないようにしたことは憶えている。したがって、ワトソンが来てからのアパートの玄関ドアは閉められていたことになる。そういう経緯から、ノラさんたちとの交流も自然に消滅していったのではなかろうかと思われる。

さて、ここで少しだけ、ワトソンに出会う大分前まで時空をさかのぼることにする。

なんとなく向けたレンズの向こうに猫らしきものがいた。いや違う。ファインダーをのぞいたときはそんなものはいなかった。というよりも、その場所で逗子がファインダーから見ていたのは手前の紅いアザミの花数本と、その向こうの青い海、そしてその上を白い波がしらを引いて走る船だった。絞りを大きくし、船に焦点をあてれば、手前のアザミの紅色は大きくぼやけて、絵の前面をいろどると計算した。シャッターチャンスを逃せば、白い尾をひく船はファインダーのなかからたちまちに消える。間髪いれずシャッターを押した。

まだフイルムの時代である。現像してみなければ写真の出来はわからない。さて、現像してみたら、画面右下に予期せぬものが佇んでいた。一匹の猫である。いや、猫のように見える茫とした一つの塊である。画面には写っていないが、その丘には、のんびりと草を食む牛が二～三頭いたから、その丘は放牧地だったのだろう。丘全体がススキのようなイネ科の草に覆われていたことを憶えている。それら草群のある部分が猫が佇んでこちらを見ているような姿にかたちづけられた、というのが逗子の推測である。おそらく、大きく開かれた絞りを通して侵入した海と空からの大量の光を通したレンズの粋な計らいだったのだろう。まあ、光はときどきこういう楽しい悪戯をする。

ワトソンと実際に出会ったのは、その写真を撮った数年後ではあるが、彼と出会うという巡りあわせは、這子がシャッターをきったあの瞬間に決まっていたのかもしれないと、歳月の流れとともに思うようになった。そう思うことで、這子自身の心にぬくもりが満ちる。

あるものに対して意識をもつ瞬間は、まさにその瞬間のみにおいて実在するゆえに、実感あるいは体感する意識はまさにその瞬間的空間に身をおいているものだけに属する。つまり這子だけが知覚する思いである。

さて、娘は努力の甲斐あり、修士課程で学びたいという希望がかない、ソルトレイク・シティにある大学の修士課程へ進むことになった。そこで、這子親子は娘の便宜を優先してソルトレイク・シティへと転居し、卒業まであと一学期を残していた這子のほうがソルトレイク・シティからプローボへ車で片道三〇分以上かけて通うことにした。

もちろん、転居はワトソンも一緒である。そのときワトソンは子猫の時代は過ぎていたが、一歳ぐらいだったと思う。

猫たちと生活をともにすることによって知ったことがある。それは、猫自身が飼い主である人間との交流や接触を求めるのは成人猫になるころからであり、やたらと動きまわる子猫という時代を終えた青年猫は自分の世界にとじこもる傾向があるのではなかろうかと。自己あるいはテリトリーの確立に興味が向いているためか、飼い主にはあまり興味がないのかもしれない。飼い主に対する彼らの認識は自分のテリトリー内に存在している食糧調達係、つまり従順な下部ぐらいかもしれない。そう思うのは、ワトソンもジジも青年猫のときはけして飼い主の膝の上に自ら乗ってこなかったからである。

ソルトレイク・シティ時代のワトソンは、そういう意味では、我かんせず的に生きる青年猫だった。同居者は這子と娘というアジア系の女性だからか、男性は苦手のようだった。特に、ある特定の白人男性には恐怖を覚えていたようで、窓の外に彼の姿を見るといつも唸っていた。見た目には結構な歳のその男性が身につけているものといえば短パンのみで、前につきだしたぶよぶよの腹をゆっさゆっさと揺らしながら、アパートの敷地内の歩道を散歩する姿を見たら、ワトソンでなくても、唸りたくなるというものだった。

這子たちが借りたアパートは二階にあり、南側にバルコニーがあった。感染症でワトソンを死なせてしまうことの懸念から外には出さないようにしていたが、リビングルームとドアでつながっているバルコニーだけは別だった。そのドアを開けるとリビングルームが広く感じられ、解放感がリビングルームに満ちる。陽が射しているときなどは温もりも満ちた。よって、どちらかでも在宅しているときは、ほとんどそのドアは開けられていた。おそらく、ワトソンにとってもバルコニーは外界を感じることができるお気に入りの場所であったろうと思う。

バルコニーは高さ一メートル以上の手すりに囲まれていたし、二階にあるバルコニーと地面までの距離はそれなりにあったので、手すりの上に乗っているワトソンをよく目撃はしていたものの、いくら猫でも地面に降りられるとは思っていなかった。しかし、ある晩のこと、バルコニーにいるはずのワトソンがいない。部屋のなかをいくら探してもいない。もしかして地面に落ちてしまったのか、それとも自分の意思で降りたのかと、どちらにしても、同居以来、外に出たことのないワトソンである、逗子と娘は大いに心配して、懐中電灯を手に暗い外へと出た。

ここで、日本語の「アパート（英語のアパートメントから発生）」という言葉が発するイメージは、英語「アパートメント」が発するそれと多少なりとも異なるということを説明しておかなければならない。日本語の「アパート」は建物全体、ときには貸室そのものを指すが、英語の場合は貸室のみを指す。建物全体を指す言葉は「アパートメント・ビルディング」である。たとえば、日本語で「私はアパートに住んでいる」という発語があれば、正確にはアパートと呼ばれる建物に住んでいるという意味になる。しかし、日本語は曖昧表現を許容するから、「アパート」という建物の一部である貸室に住んでいると意味をも含み、コミュニケーションになんら問題はおこらない。ところが、アメリカにおける「アパートメント」は建物全体ではなく、部屋数に関係なく個人／世帯が住む貸室を意味し、日本における粗末で安い集合住宅を彷彿させる「アパート」というイメージはない。なぜ、こんなことをくどくどと説明するかというと、アメリカで這子が借りたソルトレイク・シティのアパートメントは厳格な防犯システムで運営されていて、日本語のアパートという言葉が持つ概念では表現しえない場合もあるからである。

だから、ワトソンを探しに懐中電灯を手に外へ出たといっても、そこはまだアパートメント・ビルディングの敷地内であり、ワトソンが敵意むきだしでうなっていた短パン姿の初老の男性が歩いていた道も、高い塀にそって敷地内に整備された散歩用の道である。

周囲を高い塀に囲まれた敷地内に木造二階建てのアパートメント・ビルディングが何棟ぐらい建っていただろうか、数えたことはないが、少なくとも二～三〇棟は建っていたと思う。敷地の中央は田園風に設計され、カモがいつも遊んでいるような小川が流れていたし、プールやテニス場、それに各種の運動器具があるアスレチック施設も備えられていた。つまり、逗子たちが借りていたアパートメントは、その施設のなかの一つの貸室（ワンベッドルーム・アパートメント）である。ワンベッドルームといっても、一つのベッドルームに広いリビングルームとキッチンとバスルームが付き、間取りのデザインも内装も悪くはなかった。

加えて、防犯のための厳重なゲート・システムがあった。アイデンティティ・カードをゲートに設置されている機械に差し込み、正当な借り手であることを証明しなければ、ゲートは開かない。つまり敷地内に入れず、自分の住居にも入れない。外に出るときのゲートはカードなしで開くから、無意識にアイデンティティ・カード無携帯で外に出てしまうかもしれない。そうなったら、帰宅時、自分が借りている自分の住まいにさえも入れないということが起こり得る。あるいは、もしかして機械が正常に作動しないでゲートが開かなかったらどうしよう。そんな諸々の強迫観念に、帰宅時はいつも、カードを挿入して無事にゲートが開きはじめるまで悩まされたものである。

さて、ワトソン捜索の件である。懐中電灯で植え込みの下やら暗いところを照らし、名前を呼びながら敷地内を探したが、結局その夜はワトソンを見つけることはできなかった。夜のことだから、あちらこちらを懐中電灯で照らすのも大声で叫ぶのも他の住民に迷惑になると思い、明朝また探そうと、捜索は早めに打ち切った。

子猫時代、逗子のもとに来てからは一度も外に出たことのないワトソンである、しかも同じような建築物が建ちならぶ敷地内である、いくら猫でも迷ってもう帰れないのではないかと、諦めが半分、期待が半分と眠れない夜を過ごしたのだが……。

次の早朝、ようやくあたりが明るくなりはじめたころである。すぐ外で、がりがり、ごりごりとすごい音がした。何の音か想像もつかないまま、逗子は寝具から出て、バルコニーに出て、音がする下のほうを見た。なんと音をたてていたのはワトソンだった。地面から二階までの、四メートルはあっただろう、垂直柱に爪をたてて、すぐそこまでよじ登ってきていたのである。

びっくり仰天！

逗子はバルコニーに腹ばいになり、手すりのあいだから顔を出して……顔を突きだせるほどの幅だったかな?……まあ、そのへんはあまり憶えていないが、ただちに上から手を差しのべて彼を引きあげた。

帰ってきたあ！

しかも、垂直登りという軽業で！

彼を抱きあげたときの幸福感と安堵感！

いやあ、ほんと！

ワトソンはといえば、よほど疲れたのだろう、キャットフードをたらふく食ったあとの爆睡。おそらく夜遊び中は一睡もしていなかったのだろう、這子がどんな悪戯をしても起きなかった、日が暮れるまで。

よほど外の世界が楽しかったのか、日が暮れると、そわそわとしだし、バルコニーに出せと要求するようになった。午前様でも帰ってくるのであるからと、這子は彼の自由にさせた。夜遊びは続き、午前様の「がりがり、ごりごり」に這子自身が寝不足ぎみになったころ、早朝の異様な騒音は階下の住人、いや他の住人にも迷惑をかけていることに気づき、彼の夜遊びを禁じたのであった。そうやってワトソンが青春を謳歌した期間はそれでも一週間ぐらいはあっただろうか。

さて、這子が大学を卒業する少し前、アメリカで大きな、まさに世界を揺るがすような事件が起きた。九・一一同時多発テロ事件である。飛行機がビルの上部に突っ込んだあと、そのビルがまるで砂でできているかのような有様で上から下へと一瞬にして崩れる光景をテレビで見た。物理学や建築学の知識一切ない這子だが、その崩壊のありかたは飛行機一機の追突を原因にするには無理があると思った。ビルの上部に突っ込んだ飛行機の衝撃がものすごい破壊力であることは想像にかたいが、飛行機がビルの上部に突っ込んだとたん、鉄骨で組まれた四百メートル以上あるビル全体が砂状態になって崩れ落ちるわけがないと思ったからである。

それ以来、建物や自動車の窓やらいたるところに星条旗がはためきだし、愛国心をよびおこすような歌がラジオから頻繁に流されるようになり、ときには日本による真珠湾攻撃が引き合いに出された。しかし、アメリカは、自国への襲撃を受けたのは真珠湾攻撃だけで、第二次世界大戦以後も他国に出張しては戦争をしている国である。そんな国がそのとき、国民の被害者意識と愛国心を利用して何をしようとしていたのかは、以後、アメリカがイラクに派兵したことから、ある程度明らかになっている。

さて、アメリカの国内事情とは関係なく、その年（二〇〇一）の一二月に這子は大学を卒業した。学生ビザ資格をもってアメリカ滞在が許されているわけであるから、大学を卒業すれば帰国しなければならない。しかし、申請したら一年間のみアメリカで働くことができる滞在資格がある。たしか専攻科目に関連した職種でなければならなかったと思う。しかし、絶対に働かなければならないというわけではない。就職活動をする、しないは這子の自由である。ということで、這子はとりあえずその滞在資格を取得した。取得さえすれば、卒業後も一年間アメリカに滞在することができる。よって、卒業後の一年は、学校なし、宿題なし、テストなし、プレゼンテーションなし、旅行ありと、アメリカ滞在中で一番楽しい日々になった。

しかし、どんなに楽しくても、所詮、這子は浦島太郎の身分である。日本の浜辺に帰らねばならない。帰国にあたって、日本のどこかに住む場所を探さなければならないと思っていたら、父の訃報で、その必要がなくなった。母の死後父が住んでいた三島の家に住めることになったからである。

這子の帰国で一人暮らしをしなければならなくなった娘は学院の寮で暮らすことになり、ワトソンは這子と一緒に日本に来ることになった。這子はパスポートで簡単に日本に入国できるが、ワトソンの日本入国はそう簡単ではなかった。アメリカは野性動物の国である。だから狂犬病を代表とする動物の感染症がほとんど撲滅されている国である日本へのペット入国の検疫システムは厳重だった。

一〇年以上も前のことだから、細かいことはすでに忘れてしまったが、各種書類手続きのためにアメリカの役所をいくつか巡り、予防注射済み証明書や獣医による健康診断書を持参して、二〇〇二年九月五日、初老婆一人と猫一匹は成田空港に到着した。さて、すべての条件をクリアしての入国だから、その場でワトソンを手渡してもらえると思ったら、二週間ぐらいの隔離措置として動物検疫所へとしょっぴかれることになり、無情にも、這子とワトソンは引き裂かれることになった。別れ際、「二週間後に迎えにくるからね」の意味をこめて、ケージ越しに顔を見てワトソンと名前を呼ぶが、彼は見返すだけでニャーとも言わない。なんとも冷たい飼い主だと思ったことであろう。

二週間後迎えに行ったとき、「大丈夫だった？」とケージのなかを覗いた這子に向かって、弱弱しく「にゃー」と一言、そして帰宅列車のなかで、這子の存在を確かめるように「にゃー？」と数回。その度に、「ここにいるから大丈夫だよ」とケージのなかを覗き、ワトソンと呼ぶ這子だった。

こんな具合に、日本でも、再びワトソンとの同居生活が始まったのだが、この隔離生活のあと、ワトソンの這子に対する態度が大きく変わった。抱かれるのが嫌いなワトソンが初めて自ら這子の膝に乗ってきたのが、成田から帰宅した晩であった。まあ、長いこと離れてみてはじめて飼い主のありがたさを認識したのかもしれない。それにしても突然一匹ぼっちにされた彼の不安と恐怖は想像にかたい。それからである、「ワトソン！」という這子の呼びかけに、ニャーではなく、まるで人間が発する「なあに？」の意味のような「ううん」という音を喉の奥で発するようになったのは。

それ以外は、めったに鳴かなかったワトソンだったが、晩年になり、耳が遠くなったのか、ときに昼寝から目覚めたとき、這子がそばにいないときなどは、探すようにすごい大声で呼ぶようになった。文字にすれば「にゃうおおおーん」とでもなろう。すかさず「ここよー」と返事をする。すると寝惚けふうにやってきては甘えるのであった。

「ねえ」……「何？」と、目をあわせる。

「どこ？」……「ここだよ」と、存在を確かめあう。

「大丈夫？」……「うん、なんとか」と、なぐさめあう。

上と下のどちらが「にゃー」でもかまわない。老猫と老婆との会話は成り立つ。しかし、老婆がコンピューターにでも夢中になったりしていると、「聞いているんかい？」と、たまに這子の頭の上に軽い猫パンチがおちることもあった。

タイシャの参入と逃走

三島における生活がようやく落ち着いたころである、初老のババアとワトソンとの生活にもう一つの命がくわわることになった。しかし、その年月は正確には憶えていない。三島の家から二〇分程度歩くと三島大社の裏門に着く。先に宮倉の家のことを述べたが、方向的にいえば、三島の家は三島大社を挟んで宮倉の家（今はない）の反対側にあり、大社までの距離はおよそ同じである。つまり、幼女の遊び場所は、老いた幼女の散歩の目的地となったというわけだ。

池には大きな鯉がうじゃうじゃ泳ぎ、パンくずでも投げ入れようものなら、重なりあい、絡み合って大きな口を開け、我先にと取り合う。その大きく開けた口から横取りしようと、鳩の群れがそのチャンスを狙い、餌をやっている人の頭や肩といわず手のひらにも乗ってくる。たまには、餌をやっていない人でも乗られる。乗られて喜ぶ人、嫌がる人といろいろいるが、どうだろうか、逗子は喜ぶほうの人である。

くわえて、鹿たちもいる。そのむかし大正時代に奈良の春日大社から連れてこられたという鹿の子孫たちである。春日大社の鹿とは違い、神鹿園と名づけられた囲いのなかで飼われている。数えたことがないから正確にはわからないが、常に数十頭、それくらいは下らないであろう。由緒正しい家柄の彼らは餌が欲しいときは深々とお辞儀をする礼儀正しさも身につけている。ただ残念なことは、神鹿園は清潔といえる環境にはなく、雨のあとなどに行くと、地面はぐじゅぐじゅで、あたりに汚物の臭いがたちこめていることだった。せっかく春日大社のＤＮＡを引きついた高貴な鹿たちなのだから、もう少し、清潔な環境を整えられないものかと、這子は鹿たちの状態を見るたびに思った。

さて、ある日買い物帰りに大社に寄った。境内の桜が開きだしていたからである。境内をいつものルートで歩いていると、不思議な光景を目にした。猫たちが次から次と、境内周囲の藪のあちらこちらから出てきて、一定方向へと歩いていく。彼らはいったいどこへ行くのだろうかと目で追うと、彼らの先に、白いビニール袋を持った一人の老夫人がふくよかな身体を右に左にと傾けながら歩いていた。どうやら、彼らのお目当てはその老婦人のようである。まるで「ハーメルンの笛吹き男」の図だと、這子は思った。もちろん猫の数は、物語のなかのネズミの数とは比べようもなく、少ないことは言うまでもない。何ごとかいな？　と興味津津で彼らのあとを追いていく。謎が解けた。老婦人は大きな樹の陰に入ると、新聞紙をひき、その上にビニールのなかみを出した。キャットフードである。猫たちが近づき食べる。近づけずに遠巻きしている猫たちには目の前に置いてやっている。

「大社には捨て猫って多いのですか？」と這子。

「多いですよ。餌とかやってはいけないのでしょうけれど、かわいそうだから」と老婦人。

「この二匹は兄弟です。母猫と一緒に捨てられていて、母猫は子猫たちを見捨ててどこかへ行ってしまい、一匹は車にひかれて……」

と、自分の足もとで夢中で食べている二匹を指差す。汚れた彼らの顔を見ると、二匹とも風邪をひいているのか眼ヤニと鼻水で見る影もなかった。大きさは数ヵ月ぐらいか。兄弟といっても二匹の顔かたちはまったく違う。

「そうなんですか、子どもを産んだら捨てられるのですか、かわいそうに！」

「そう、かわいそうです。だから一匹でもいいから、今、連れていってもらえませんか？」と、老婦人、すかさず言う。

「えっ、今ですか？」と、這子。

「拾ってくださいと言うと、どんなに猫好きでもたいていの人は言います。少し考えて、出直してきますと。しかし出直してきた人はいませんでした」

ああ、そうだろうなと、這子は思った。自分でもそう答えただろう。しかも家にはワトソンがいる。まず一番の気がかりは病気の感染である。いっときの憐憫感情で二つの命を失った経験がある。

しかし、そんな懸念は頭の隅に押しやられるほど、次の一瞬、兄弟の一方が這子の目を捉えた。特徴的な目である。つりあがっている。アーモンド・アイ（アーモンドの形をした目）である。その目が魅了してくる。

「そうね、拾うのなら、この子がいいかも……」

と不注意にも言ってしまっていた。

そのとたん、その老婦人、アーモンド・アイを抱いて、這子のほうに差しだした。アーモンド・アイは逃れようと四肢をじたばたさせている。

「ちょっと待って、そんなに暴れる猫を抱いては帰れないし、それに、私、車で来ているし……」

そう言ってしまっている自分に、這子自身がびっくりする。すでに連れて行く気になっているではないか。這子の気が変わらないうちにと、老婦人はすかさず言う。

「大社の横に一方通行の狭い道があるから、そこを通って来てください。そうしたら大社の業務用の出入り口があります。その手前まで来てください。そこで私はこの子を連れて待っていますから……」

……ってな具合で、アーモンド・アイはある意味強制的に這子ん家《ち》の住人になったのである。家に連れていく前にまずやらねばならないことは獣医に寄ることであった。

「今、大社から拾ってきたばかりです。ひどい鼻水と目やに、悪い風邪でなければいいのですが……」

獣医から名前はと訊かれて、「えっ、名前？　ええっと『タイシャ』にします」と這子。

獣医が笑う。幸いにも虫はいないという。風邪が治ったら三種混合ワクチンをしておいたほうがいいと言われる。先住猫がいると言うと、先住猫にもしておいたほうがいいとのことで、合計でワクチン代いくらかかるんだ、と内心計算する。しょうがない、命を拾った以上はその命に責任をとらねばならないと覚悟をきめ、とりあえず風邪薬をもらって帰る。

ワトソンと接触しないように別室に閉じこめられたタイシャは寂しさからか鳴き、部屋から出せとドアに爪をたてる。そりゃそうだろう、彼の身になってみれば、見知らぬ人間に突然拉致されたようなものである。しかもまだ人間語には慣れていない。恐くて、怖くて鳴くしかない。ワトソンはといえば、新参者が気になるらしく、ドアのすきまに鼻先をつけ、ドアの前から離れようとしない。

さて、何日ぐらい隔離したかはっきりとは憶えていないが、おそらく、二匹ともにワクチン接種が終わり、二匹ともに感染症にかからないということがはっきりしてからだったと思う。最初は逆毛を立て自分の身体を大きく見せてタイシャを威嚇していたワトソンだったが、同種どうし会話が成り立つのか、やがて仲良くなった。

とはいえ、両方ともに牡猫である。何かしら家のなかがおしっこ臭いことに気づいた。牡の成猫は互いのテリトリーを争って尿を飛ばしあうのだそうだ。獣医の勧めにしたがって、かわいそうだったが、二匹とも去勢することにした。タイシャはまだ成猫になりきっていなかったから、自分が男だということを知覚していなかったが、成猫になって久しいワトソンにはその知覚が残っていたらしい。時期になると、ワトソンがタイシャに乗る光景がよく見られたからである。身体はすでに男ではないのに、そうであったときのことを脳が憶えているということなのだろう。そんなこんなで、タイシャを迎えることによって、逗子の財布は軽くなったが、家のなかは大分賑やかになった。

とはいえ、タイシャはどちらかというと、逗子よりもワトソンに懐いていた。生まれてすぐに母猫とともに捨てられ野性経験が長いタイシャにとって、仲間は同種のワトソンであり、這子は猫ではない他の生きものとしてみなされていたのかもしれない。だから か、足に身をこすりつけてくることもなかったし、みずから膝の上に乗ってくることもなかった。

ただし、這子への対応は完全従順であった。抱けば抱かれたまま、何をしても逆らわなかった。だから錠剤を飲ませるときなどはワトソンに飲ませるときよりも容易だった。ワトソンはけして口を開けなかったから、噛まれないように軍手をして、無理やり口を開けさせ、四つに割った錠剤の一つを喉の奥に入れ、ゴクンと錠剤を呑みこむまで上あごと下あごを押さえる。しかし、どうしても飲みたくないワトソンは前脚と爪むき出しの後ろ足で這子の手をどかそうとし、舌で錠剤を押し出してくる。ワトソンに薬を飲ませるときは相当に往生したものである。では、錠剤ではなく粉末薬をキャットフードに混ぜたらという方法もあるかもしれないが、ワトソンの場合、そういう選択肢はなかった。そんなことをしたら餌皿にさえ近づかなかったからである。

タイシャみずから這子に直接コンタクトをとってくることはほとんどなかったので、ワトソンとのような親密交流光景は特に思い出さないが、それども、忘れられないタイシャの思い出としては二つある。一つは先に述べた這子への絶対服従。二つめはテレビ画面にくぎ付けになる習性である。もちろん、タイシャが引きつけられる画面は、虫、魚、動物等の生きものが動いている光景である。ときに首を傾げ、ときに手を出し、ときに隠れているかもとテレビの後ろにまわる。おそらく、タイシャにそういう習性があったのは、大社境内という自然のなか、鹿や鳩そして鯉を見ながら育ってきていたからであろうと思う。

猫二匹と老婆一人という家族形態で暮らしていたとき、老婆は還暦を迎えた。還暦は生まれ年の干支にもどり人生をやりなおすという意味である。生まれ変わって赤ちゃんにもどるから赤羽織や赤ずきんを身にまとい長生きを祝うということらしい。長生きを祝う気はないが、よく生きたなあとはしみじみと思った。そこで記念として家族写真を撮ることにした。といっても自宅で三脚にしつらえたカメラの前でシャッターがおりるのを待つという自撮りである。せめてもの赤いものとして、這子は赤い小さなイヤリングを付けた。抱いたら逃げるワトソンではなく、従順なタイシャを両手で抱き椅子に座った。そして、ワトソンを横に座らせ、シャッターがおりるのを待った。

写真の出来は上々だった。せっかくの赤いイヤリングは小さすぎて目立っていないが、這子の腕のなかのタイシャはおとなしくカメラ目線で、いかにもイケメン猫を演じている。ワトソンはといえば、カメラのレンズよりも這子の膝に鎮座しているタイシャが気になるのか、「何で、おまえがそこにいるんだ、そこは俺の席やろう！」と言っているかのようにタイシャを見下ろしている。

さて、四年ほど家族の一員として、家のなかをそれなりに愉快にしてくれていたタイシャだったが、這子の渡米時、友人夫婦の家に預けたとき逃走してしまった。少し長めにノラをしていたタイシャにとって、知らない環境に馴染むことは難しかったのであろう。ある意味、タイシャにとって、逃走というよりも解放だったのかもしれない。

表面上は家猫として平和に暮らしていたように見えたタイシャではあったが、母猫とも捨てられたという記憶は彼の脳のどこかに残り、人間に対する警戒心はけして消えなかったのかもしれない。我が家に来て以来、ワトソンと平和に暮らしているようには見えてはいても、人間である這子には心を全開していなかったともいえるのではなかろうか。

当初、触るとギックとして身体を硬くしていた彼が、少しずつでも喉を鳴らすようになってからは、もう大丈夫と思い、タイシャにあまり構わなくなっていたかもしれないという、這子自身の反省もある。タイシャのエピソードに関する記憶が残っていない所以であろう。

写真のなかに帰っていったワトソン

二〇一六年四月八日の灌仏会にワトソンは旅立った。

母と同じ命日である。しかも、命の灯が消えゆく様まで腎不全で死んだ母とまったく同じだった。突然の嘔吐を機に絶食と意識混濁の八日間までも同じ。違ったのは、ワトソンは最後までトイレと水のみを自力で行ったことである。

ワトソンが急激に痩せて、水を飲む場面を多く見るようになったのがいつごろなのか、彼も歳をとって老齢性の糖尿病になったとは思ったものの、食欲はあり比較的元気で、尿数も状態にも異常はなく、這子のあとをおって、階段を行ったり来たり、見た目の元気さは何ら以前と変わらなかった。だから、抱きあげたとき、存在感がないほどの軽さになっていたのが、いつだったのかさえ気にもとめず、あと二年ぐらいは生きてくれるだろうと高をくくっていた。しかし別れの日は確実に近づいていたのである。

母の葬儀を思い出す。這子が四〇歳のときである。母を焼く火葬場の高い煙突の横に桜の大木が一本そびえていた。母が灰になるまで、這子は人々から離れて、その桜の木の下にしゃがみこんでいた。ぐちゃぐちゃの涙顔を見られたくなかったからである。春の風に舞う桜の花の下、涙を止めようと上をあおぐと、一本の白い煙になった母が空にのぼっていくのが見えた。

這子が今住むこの家は母が建てた家である。この家に隣接する南側の斜面には桜の木が一列に植えられている。毎年桜の時期になると、大きな掃きだし窓はまるで桜絵のためのキャンバスになる。花なら何でも好きだった母は、あのとき、煙という魂になって家にもどり、斜面を覆いかぶさるように咲いていた桜を、何よりも先に愛でたであろうと信じる。母が亡くなったとき同様に、ワトソンが死んだときも窓の外は桜の花が満開だった。

さて、突然の嘔吐からの八日間、ワトソンは、這子が使っていたデスク用の椅子をずうっと占領し、昼も夜も死んだように寝ていた。ほとんどどこん睡状態だったが、水のみと用足しのとき、椅子からの乗り降りは自力で行っていた。ときが迫るにつれて、トイレや水のみのための移動行動は、休み休み、一歩一歩と頼りなげになったとはいえ、それでも最後まで失敗することはなかった。

いや、失敗するどころか、最期の前日は、おぼつかない足取りでふらふらと、ときに休みながらも、お気に入りとしていた場所へと移動してうつらうつら、しばらくして目覚めるとまた別のお気に入りの場所へ移動してうつらうつらというように、自分のテリトリーを確認するかのように、家のあちらこちらへ、重たい扉を自力で開けて風呂場までも確認したのである。

その夜九時ごろのことである。ワトソンがいつもの椅子の上にいない。まさか、どこかで息をひきとっているのではないのかと、あわててさがすと、階段の途中に横たわっていた。やせ細り、毛の艶はなく、息も絶え絶えなのに、階段を上っていたのである。もう後ろ脚には身体を支える力は残っていないはずなのに気力だけで這い上がったのであろう。駆け寄ると、最後の力をふりしぼるようにして、前脚を上の段にかけ、さらに階段をあがろうとする。二階で何をしたいのと抱き上げ、二階へと連れていき、炬燵布団の上に静かにおろす。そうされたままの姿でしばらく動かない。下へもどろうと抱こうとすると、這子の手を拒否するように、なんとか窓際まで這ったと思ったら、障子の桟にひょいと乗り、前脚をそろえて座り、いつものように外を眺めたのである。

窓の外は夜の闇である。気力だけで呼吸している状態の彼に何が見えるのだろうか。何を見ているのだろうか。身体が不安定なワトソンを支えながら、這子も彼と同じ方向、外の闇を見る。そんな静かな時間がどれだけ流れただろうか。ふと、目を移すと、ジジが部屋の入り口でこちらをじっと見ていた。ワトソンの負担になるからと、ジジは極力ワトソンに近づけさせないようにしていた。

最期は次の日の夜にやってきた。午後九時四〇分ごろである。這子の腕のなかで、身体をのけぞらし、ぎゃーという悲鳴を三回あげ、そののちほんとうの静寂が訪れた。

動かなくなったワトソンと一晩過ごす。そんなワトソンに鼻をつけるジジ、彼が何を感じとっていたのかわからないが、呼んでも這子には近づいてこなかった。次の日、ワトソンを荼毘に付すため火葬場へと運ぶ。玄関に置いた段ボールのなかのワトソンと這子を不審そうに見送ったジジは、ひとり戻ってきた這子を見て、逃げるようにして這子から遠ざかり、しばらく這子には近づかなかった。

あの最期の叫びがいつまでも耳に残るが、這子と共有する空間にもうワトソンはいない。おそらくもといた場所（写真のなか）へもどったのであろう。だからか、這子は、あちらこちらに空間のひずみを感じる。家のなかはもちろん、這子がどこにいてもひずみは突然あらわれる。そのひずみにふと躓く、あるいは落ちこむ。虚の感覚……ふっと力が抜ける、その抜けたおのれ自身の肉体の存在を意識する。そうなったら、もう何をしていても、それをする価値を見いだすことができなくなる。どうだっていいことになる。ワトソンがいてくれたときは、意識さえしなかったことである。虚の感覚は憎悪や憤怒等の感情に転嫁できないゆえに、しばらくは時の流れが運び去ってくれるのを待つしかない。

幼いころから、這子のまわりにはいつも犬や猫たちがいた。思いかえせば、彼らはそのときどきの這子の真実を照らしだしてくれていた。彼らの無垢な瞳のなかに映る己と対話して育ってきたような、何らかの意味、這子は彼らに育てられたともいえる。

彼らのなかでも、特にアメリカで出会ったワトソンは別格である。ワトソンとの出会いは這子が五〇をすぎたころ、しかもアメリカ留学中、他国で生きていたときであるから、育てられたというよりも見守られてきたような気がする。ワトソンがそばにいてくれたから、這子は、その日、その日を楽に呼吸することができたとも。

ワトソンとの出会いは「あの写真」をとったときから決まっていたと思うのは、這子のファンタジーである。負の情念をもたない彼らと、長くともに生きていると、次第に現実感が希薄になり、自分自身がファンタジーの世界にいるような気がしてくるのかもしれない。しかも敬愛してやまない亡き母の命日に連れ去られたわけであるから、母が這子のもとにワトソンを送ってくれたのか、あるいは母が姿を変えてともにいてくれたのか、とファンタジー好きは妄想する。一五年ものあいだ這子のそばで、這子を明るく照らしだしてくれたワトソン。したがって、彼が行ってしまった今、その光も消えたゆえに、この物語の終了は必然である。

……しかし、ジジと這子の命はまだ終了していない。ジジのおかげで這子の虚感覚も徐々に薄れてくれれば、自我単位が三単位から二単位になり、違う次元の物語が始まるような気がする。考えてみれば、いつの時代でも、這子のそばには意思を通わせられる自我単位がいた。言葉をもたない彼らは這子を束縛せず、傷つけず、ただともにいて、瞳の奥に這子の心を翳りなく映し出してくれた。喜ぶときも、怒るときも、哀しいときも、楽しいときも。

これからも……。

白い風

家を出て一～二分も歩くと自然に出会う。

幅一〇メートルほどの川が海に向かって走り、土手が水の流れに添い、そのまわりに田んぼと畑、そして東側遠方になだらかで低い山並の曲線が続く。南側の田の向こうに中学校の建物があるぐらいで、その辺一帯には高い建物はなく、私を中心にした円の円周上に小さな家並みはあるけれど、視界のじゃまにならず、天球のすべては私のものになる。

春から初冬のあいだ、雨さえ降らなければ、私はアベルにともなわれて夜の散歩に出かける。娘は母と歩くのが楽しいらしく、よくついてくる。先生や友達、そして好きな男の子のことなど、学校内でのことをとりとめもなく話す。

そのおしゃべりの音声は騒々しい楽器のわめきのように私の頭上を通過していくだけのときもあるけれど、たいてい私の感性は娘の年代にまでさかのぼる。すると、たちまち記憶のなかの友が私の手を握り、ひっぱって走りだす。二つのセーラー服のシルエットがスキップし、じゃれあって、笑いあって、お腹が痛くって、苦しくって、それでもまだおかしくって、息をきらす。お腹をかかえて笑っている身体を起こして私を見る顔は、もう娘のものになっている。そんなとき、私は白い風を見る。

二つ年上の兄がたまに、「ぼくも行く」とアベルの手綱をもつと、妹は寡黙になり、私もせいぜい母親らしくふるまい、中学生の気分にはかえれない。しかし当の息子は私と歩くと、自分が母の身長を越えたのが得意らしく、しきりに私の肩を横から抱いて、おかあさん最近小さくなったんじゃない、とふざけて言う。

生意気を言うんじゃないよ、学校では小さいくせに、と応酬して肩をふりはらうと、息子は前を歩く妹に後ろから抱きつき、ひじ鉄をくらう前に逃げていく。妹は拳骨をふりあげ、むきになって兄を追いかけ、アベルも興奮して、吠えてはじゃれ、じゃれては吠える。彼らの影のまわりを、白い風も遊ぶ。

土手の上にのぼると、天界が開け、やわらかい草のソファーに腰かけると、そこはもう私一人の部屋になる。北を向いて中天をあおぐと、北極星がぽつんと一つ光り、ひしゃく形の北斗七星やW形のカシオペア座が北極星のまわりをゆっくりとめぐる、北の星座は四季を通じて同じであるが、位置を変え南の空と向きあうと、四季それぞれに主人公を変えての大スペクタルが展開される。春は菜の花のそよぎを聞きながら、南の空にしし座、おとめ座を眺め、夏は北東から真南へ天の川がかかり、中学校校舎の真上にさそり座があらわれ、二つのハサミをふりかざしながら憎いオリオン座を探し、毒を持つ尻尾を釣り針のように天の川にたらす。そして心臓部の一等星アンタレスは東の空の火星とその赤さを競いあうほど赤々と燃え、脈打ち、その鼓動は私の心臓を連鎖させる。少し頭を上にあげ、天頂をあおぐと天の川の東岸にわし座のアルタイル、西岸にこと座のベガ、川の流れのなかには白鳥座のデネブと、三つの星が三角形の頂点の位置に輝き、夏の夜空を彩る。織姫と牽牛の慕情の涙は星のしずくとなり、きらきらと光りながら私をぬらす。

季節が移り、風に涼しさを含むようになると、白鳥座はその大きな翼をはばたいて西の空に飛び去り、白い天馬が東の空に駆けあがる。勇士ペルセウスは天馬ペガサスにまたがり大空を疾駆して、やがて南の空にその全容を現す。私は天馬に乗り大宇宙を駆けて、何億光年もの彼方へと冒険の旅に出る夢を見る。壮大な秋の星星は私にロマンを語る。

昭和最後の正月は暖かい日が続いた。一つの命の灯が消えて元号が平成へと変わっても、そのぽかぽかとした春のような陽気は変わらず、平凡に暮らす私たちの周囲には何一つ影を落とさないように思える。

冬とは思えぬ温もりに誘われて、私は久しぶりにアベルの手綱に引かれることにした。二つの影が離れたり重なったりしながら追ってくるのを意識しながら、アベルまかせに歩く。私のお気に入りの場所はまたアベルの好奇心を満たしてくれる場所でもある。

私はいつもの場所で、草ソファーに腰かけ、リクライニングをたおす。白い風が頬にあたる。

この季節、雲ひとつない夜空は冷え冷えと澄みわたり、宇宙のすべてを見せてくれるかのように一年じゅうで一番美しい。深い闇に浮かびあがる無数の星のきらめきに酔い、計り知れない無限の深淵を感じて震える。

ふと、白い風が吹き、私を包んでいる空気が幽かに揺れる。

空に星は消えていたが、付近はなぜか白く明るい。私の足もとにじっと座って私を見あげている花子に気がつく。その瞳には星のように放つ煌めきはないけれど、漆黒に輝く清冽さがあり、私のこころに沁み入ってきた。思わず抱きしめたくなり、おいでと自分の膝を叩く。いつもならそれだけで、彼女はわかってくれるのに、ただ私を見つめかえすだけで動こうとしない。「私のせいであなたを死なせちゃった！」と腕をのばすと、彼女はもうそこにはいなく、背の高い枯れ草の向こうに見え隠れしながら遠ざかってゆく。たしかに、私はいつもと同じ土手に座っていたが、しかし、まわりの景色は少し違っていた。川から昇ってくる靄のせいか、視界が白くぼやけている。私は不思議だと訝りもせず、その現象のなかにいた。中学校の建物は消えていて、そのかわり茅葺屋根の今にも崩壊しそうな百姓家が靄のなかに浮かびあがり、小さな明かり取り窓からは赤い灯がチロチロと漏れている。そして南側には山はないはずなのに、平面化した黒い巨岩が百姓家の背後にせまっている。その稜線を目でたどり、いきつくところで止まったとき、記憶の扉が開く音を微かに聴く。すると……。

ふと、母が横に中腰でしゃがんでいるのに気がついた。母は若かった。飾りのまったくないエプロンは痛々しいほど白く、その裾は下草で濡れていた。母の足もとにはスピッツのリリーがかしこまって私を見ている。昔のように全身を独楽のようにしてじゃれついてこない。三〇年の歳月はリリーに私だと気づかせない。母もリリーも花子も、ただそこにいるだけだった。瞼が熱くなった。死にゆく彼らを引きとめることができなかった。みんな私が殺したようなものかもしれない。申し訳なくって……、懐かしくって……、会いたかった……。あたたかいものが白い風にのって私の胸いっぱいにひろがる……。

おかあさーん、と遠くで呼ぶ声がした。

息子と娘とアベルがもつれあいながら、ころびそうになりながら、駆け寄ってくる。二人とも息をきらしている。星の煌めきがもどり、中学校校舎の黒い影もそのまま、川の向こうに姿をあらわした。

娘が訊いた。

「何をしていたの？」

「タイムトラベルよ」

「過去？　未来？　どっち？」

「過去よ」

「未来には行かないの？」

「行くわよ」

「いつ？　どうやって？」

「いつか！　白い風にのって」

「白い風って？」

「それはねえ……」

私は言いよどんだ。言葉になるはずがなかった。娘は返事を待って私の顔を覗きこんでくる。私は窮して頭上を指した。

「あのスバル！　おうし座のせなかで青白く光っているスバルはね、六つの星団で成っているのだけれど、ほんとうはね、一三〇個ぐらいの星が集まっているのよ。星年齢からしたら、とても若い星の集団なの。つまり君たちの星なのよ。君たちも光ることができるのよ！　光ろうと願いさえすれば……ね」

「……」

スバルを見あげながら三人でスバルの話をした、この今を忘れずに憶えてさえいたら……君たちが大人になってスバルの青い光を浴びたと感じたとき、きっとそのとき、白い風を見ることができる……きっと！

一瞬、私はみた。スバルがひときわ明るくまばたいて……ゆれながらゆっくり近づいてくる青い光を。

古稀を過ぎて三年目に入った。ここまで生きられるとは思っていなかったが、生きている。最近ふと気がついたことがある。鬼籍に入った母にむかって「おかあさん」と呼びかけている自分がいることに、である。子どもたちが生まれて以来、つまり五〇年近くも、私は母のことを子どもたちと一緒に「ばあちゃん」と呼び、母が鬼籍に入ってからも、長い間ずっとそう呼びかけてきた。しかし、今気がつけば、私は亡き母に「おかあさん」と呼びかけている。どういうことなのだろうか。時間と空間を母と共有した年月と、子どもたちと共有した年月が拮抗しだしたせいかもしれない。この拮抗点を境に、私はますます自分が産んだ子どもたちを忘れ、私を産んでくれた「おかあさん」と生きていた時代にもどっているのかもしれない。

エピローグ～幼女のそのあと

這子は、泣きもせず、主張もせず、いるかいないかわからない子と、親からいつも言われていた。手がかからない子どもだったに違いない。知らない場所に行ったとき、「ここにいなさいね」と言われたら、ぜったいそこを動かなかったらしい。だから、「ここ」がよく知らない人の膝の上なんてときは、いつ果てるともしれない緊張と退屈の時間だったことを憶えている。かえって一人にされていたほうがよかった。どちらかというと、一人でいることのほうが好きだった。それは年老いた今も同じである。誰からも干渉されず、心身ともに解放され、まったくの自由だからである。

這子が初めて孤独という感情を覚えたのは、自由でなくなった、つまり結婚してからである。たとえ自分のお腹を痛めた子どもでも、別の人格を持つ他者である。家族とともにいれば孤独ではないなんて、まやかしである。すくなくとも、這子にとってはそうだった。その証拠に、離婚してこのかた、一人で生きているが孤独を感じたことはない。

泣きもせず、主張もせず、いるかいないかわからない子ども、今なら自閉症と診断されていたかもしれない。たしかに、小学生のときの級友の名前は一人として憶えていない。奥手のたちだったには違いないが、人間に興味がなかったからであろう。友人が欲しいとも、友人がいないから寂しいとも思ったことはない。母がいれば、それで十分だった。

その母から言われたことがある。這子は冷たい人間だと。そうなのかもしれない。この歳になっても未だに、涙を流さず、簡単に同意せず、上面だけの優しい言葉を発語できないでいる。幼いころ、泣いている母にどう接していいかわからず、ただ見ていることしかできなかったことがある。母の悲しみを感じていなかったわけではなかったが、母とともに泣けない自分を嫌悪する自分がいたことだけは憶えている。

犬や猫たちは言葉をもっていない。這子もおしゃべりな性質ではなかった。そういう点で、幼いころは人間たちよりも彼らの側にいたような気がする。そして、彼らからプライスレスな多くを与えられてきた。しかし、這子が長じて大人になれば、彼らへの扱いは人間の都合次第になる。したがって、長年の彼らとの関係において一方的に傷つけてきたのは這子のほうであり、一方的に置き去りにしたのも這子のほうである。おそらく、這子が彼らを忘れることができないのは、そして思い出すたびに眼がしらが熱くなるのは、謝罪しても謝罪しきれない思いがあるからだろう。

反面、人間にはノーと言える意思があり、それを伝える言葉をもっている。しかも、人は自分の意識の場に立つのであり、他者のその場に立つわけではない。だから、互いの言葉をもって傷つけたり、傷つけられたりするのは双方である。傷つけあったぶん、その場で決着がつく。這子だけが負い目を感じることはない。人間とのあいだに生じた愛憎の情は決着済みだから記憶に残らない。自分の二人の子どもさえも、今はめったに思い出さない。もっとも脳の奥にある海馬がしまいこんでいて吐き出さないだけかもしれないが。こういう人格はえてして自分を好きすぎるのかもしれない。

負い目を感じたくない。この言葉を特別に意識して生きてきたわけではない。口に出したこともない。しかし、今思うに、結婚し、子どもを産んでからずうっと、この無意識的言葉に支配されて、生きてきたように思う。だから、夫にも、子どもたちにも、「こうしたらいいかも」と選択肢は提示したが、「こうしろ」とは言わなかった。「こうしろ」と言わなかったのは、予知能力がないから当然に言えないのだと思っていたが、今になって思うと、自分自身が負い目を覚えたくなかったからかもしれない。「自分で好きな道を選んだらいい。自分で決めたことなら、よくても悪くても後悔はしない」と言ってきた。今、彼らが後悔しているのか、していないのかはわからないが、確実にわかっていることがある。それは這子自身が後悔していないということである。

ある日、ラジオの向こうから、「〈あなたが幸せなら、おかあさんはそれでいい〉は愛という仮面をかぶったサディスト」というような言葉が流れてきた。自分もその言葉をつねづね口にだしていたからドキッとした。その言葉が裏に隠す意味は、母親自身が不幸になれば、「おまえのせいでこうなった」と母親が子どもを責める好意的サディズムということらしい。そこで、自分を見つめなおしてみた。這子は、子どもが自立したことと、自分自身が子どもから完全に自立したことを誇りに思っている。自立した自分はかつてない幸福感のなかに生きている。だからこそ思う。自分には嗜虐的傾向はないが、この言葉は、ある一面、自分を言い当てているのかもしれないと。

なぜなら、這子の場合、「あなたが幸せなら、それでいい！」という言葉には隠された続きの言葉があるからである。それは「だから、もう私を放っておいて」あるいは「もう母を解放してちょうだい」という言葉である。この言葉は、「おまえのせいでこうなった」よりも冷酷なのかもしれない。「おまえのせいでこうなった」という言葉には、少なくとも子どもとのつながりを切ろうという意思はないが、しかし這子の言葉にはそれが含まれているからである。

私を自由にして！

おそらく、これは究極の自己愛であろう。

さて、生きてきたそのときどきの記憶は細切れの断片であるが、その断片のなかの這子の意識は、どんなときも、水たまりの底をながいあいだ覗きつづけていた幼女の意識と同一だったような気がする。そして、今さらのように気づく。生涯で這子が愛したのは、そして愛し続けるのは、その幼女だけなのかもしれないと。

主をなくした意識は
水たまりのなかに引きずりこまれ
汚泥に飲みこまれる
いずれ水たまりは乾いて消え
汚泥とともに太陽に焼かれ
一陣の風に吹かれ
空高く吊られ
やがてどこか遠くへ飛翔する

〈了〉

あとがき～母の手記

母の通夜、叔父や叔母、母方の親戚が集まるなか、父の手から皆に母の遺言だと提示されたのが、便箋六枚の手記である。父は末尾に書かれている自分に対する感謝の言葉を誇示したかったのであろう。父が母に対して、特に母が慢性関節リウマチを発症してからは、優しくなかったことは親戚一同知っていた。一人の叔父は、これは小説でも書こうと思いたち、書き出したプロローグのようなものではないかと言った。何かの懸賞に応募して賞金が入ったからと、孫たちが何か買ってもらった記憶がある。私としては白けるしかなく、その手記に関してはほとんど忘れていたのであるが、何を思いたったのか、何を探そうとしていたのか、日頃使用していない引き出しを開けたら、この手記が顔を出してきた。あらためて読むと、末尾の箇所は別として、母の言いたかった内容は、病の祖母を見捨てて結婚し遠い支那へと旅立った親不孝への懺悔である。母を捨てたことに関しては私も同罪であり、母の思いは痛いほどわかる。しかも、この手記が私の前に再び姿を現したのは、母の命日の数日前であり、本書の初校時でもある。何かしらの意志を感じずにはいられない。

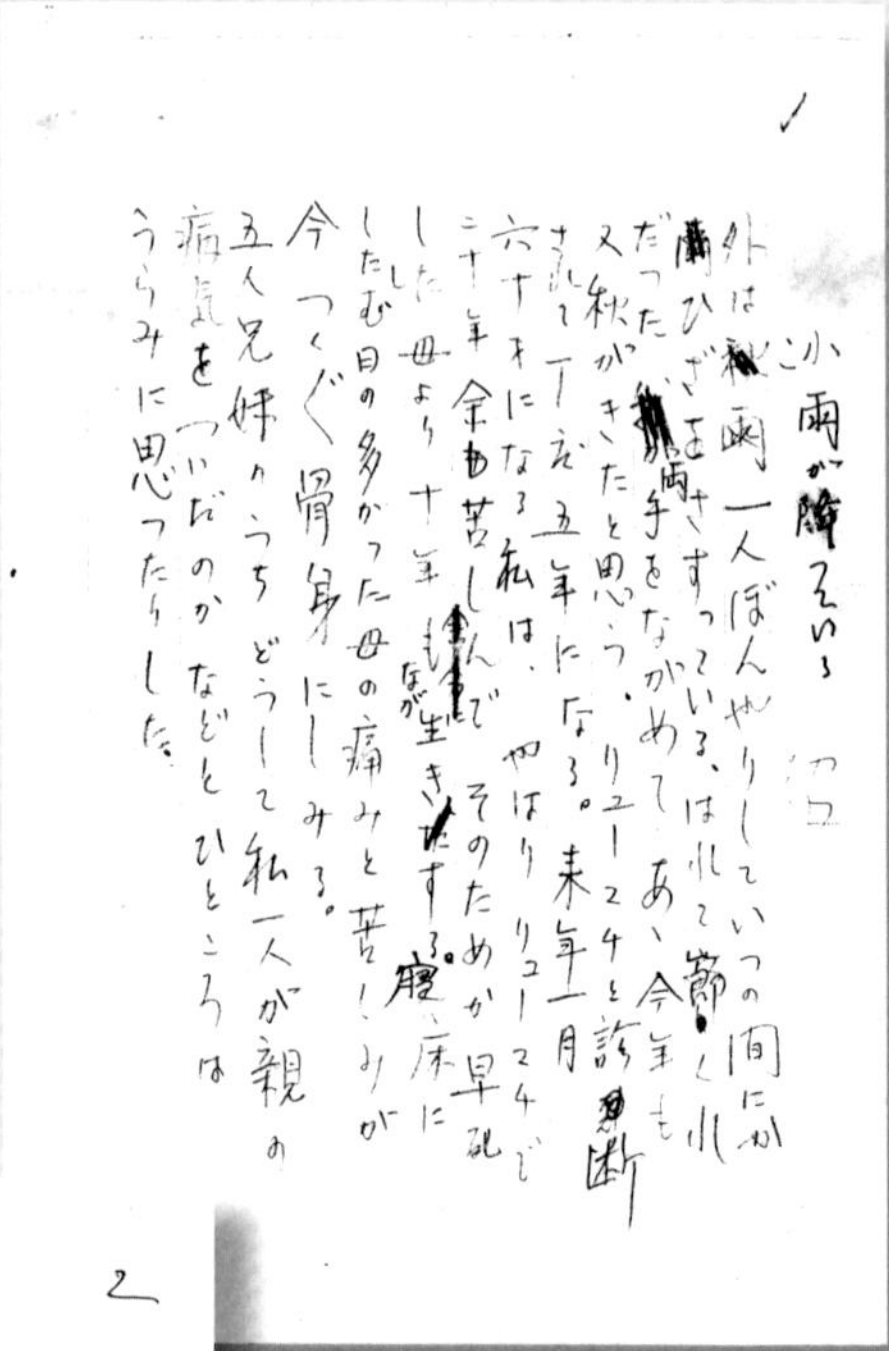
1

小雨が降っている

外は秋雨一人ぼんやりしていつの間にか
ひざをさすっている、はれて節くれ
だった両手をながめて ああ今年も
又秋がきたと思う。リューマチと診断
されて丁度五年になる。来年一月
六十才になる私は、やはりリューマチで
二十年余も苦しんで そのため早死
した母より十年もなが生きする。寝床に
したしむ日の多かった母の痛みと苦しみが
今つくづく骨身にしみる。
五人兄妹のうちどうして私一人が親の
病気をついだのかなどとひところは
うらみに思ったりした。

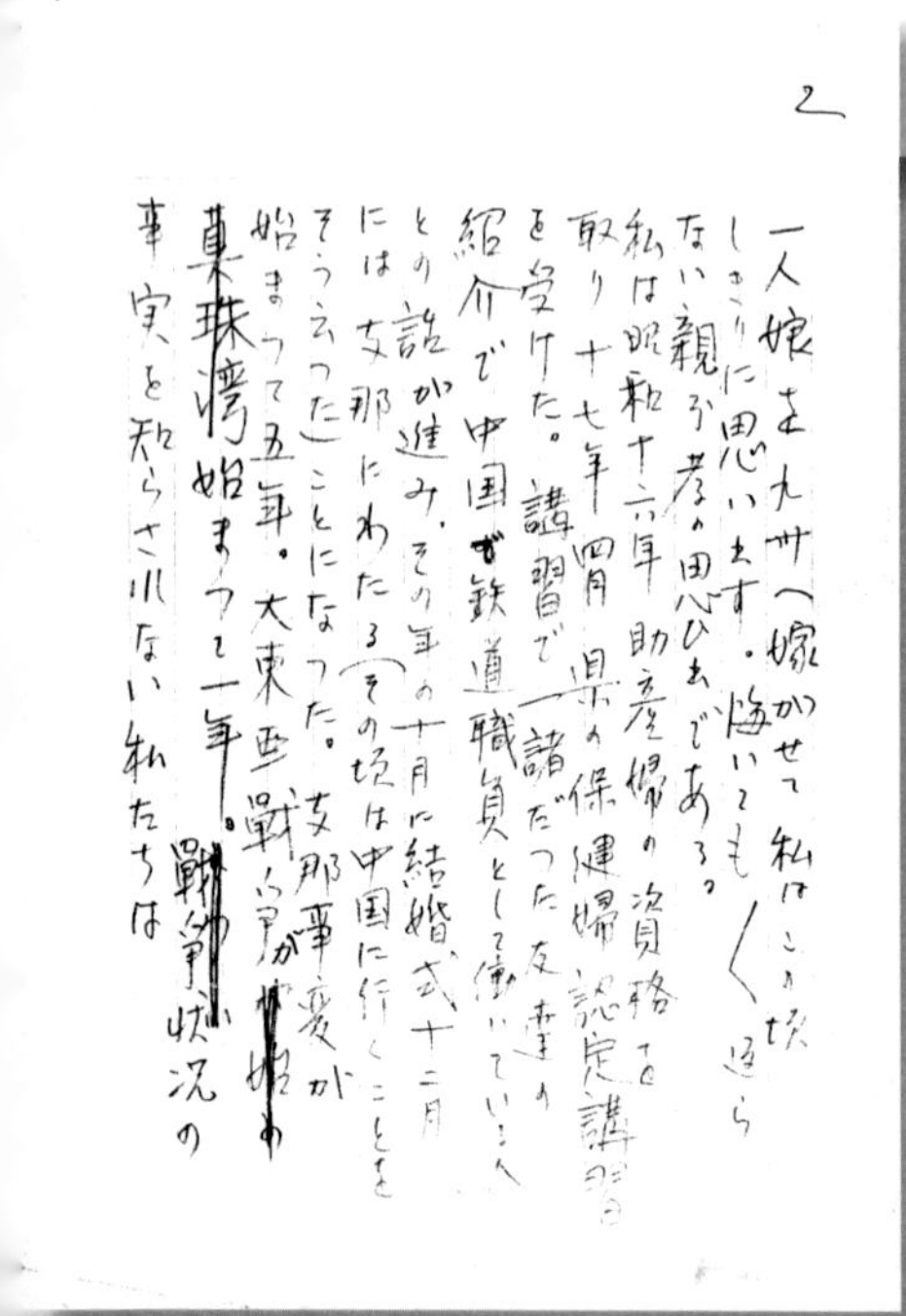
2

一人娘を九州へ嫁がせて私はこの頃
しきりに思います。悔いても返ら
ない親不孝の思いである。
私は昭和十六年助産婦の資格を
取り十七年四月県の保健婦認定講習
を受けた。講習で一諸だった友達の
紹介で中国の鉄道職員として働いていた人
との話が進み、その年の十月に結婚式十二月
には支那にわたる(その頃は中国に行くことを
そう云った)ことになった。支那事変が
始まって五年。大東亜戦争が始
真珠湾始まって一年。戦争状況の
事実を知らされない私たちは

あとがき～母の手記

外は小雨が降っている。一人ぼんやりして、いつの間にか、ひざをさすっている。はれて節くれだった両手をながめて、ああ今年も又秋がきたと思う。リューマチを診断されて、丁度五年になる。

来年一月、六十歳になる私は、やはりリューマチで二十年余も苦しんで、そのためか早死にした母より十年もなが生きする。寝床にしたしむ日の多かった母の痛みと苦しみが、今つくづく骨身にしみる。

五人兄姉の内、どうして私一人が親の病気をついだのかなどと、ひところはうらみに思ったりした。

一人娘を九州へ嫁がせて、私はこの頃しきりに思う。悔いても悔いても返らない親不孝の思ひ出である。

私は昭和十六年、助産婦の資格を取り、十七年四月、県の保健婦認定講習を受けた。講習で一緒だった友達の紹介で、中国で鉄道職員として働いている人との話が進み、その年の十月に結婚式。十二月には支那へわたる（その頃は中国に行くことをそう云った）ことになった。支那事変が始まって五年。大東亜戦争が始まって一年。戦争状況の事実を知らされない私たちは、勝った勝っ

3

勝った／＼のニュースによわされていた。
まだ見ぬ支那大陸という未知の世界に
自分に定めた生涯の仕事をもって飛びこんで
ゆけたらと、とてつもない大それたゆめを
みていた私には母の悲しい心の中など
つゆほども考える余裕はなかった
支那事変で長兄を失い続いて次兄
が現役で北支方面に出征していた
今また私がいつ帰るかわからない遠い
支那へ行こうとしている。母はなぜ
わめき泣きさけんで止めなかったのだろう
泣いて止めても私は行ってしまうのをよく
わかっていたのかも知れない。

4

十二月二十九日 沼津から長崎行の汽車に
乗る私を母は田町駅まで送ってきて
柵の向うにたたずんで電車の出る
のをじっと見ていた姿
戦局は私が支那に渡った頃をさかいに
日に日に悪くなり昭和二十年の三月
軍の命令で日本人家族の強制疎開
が始まり私は一才になった長男を抱いて
中支北支満州朝鮮を経て四月に
なつかしい故郷へ帰りついた。
母は風邪で寝ていた。初孫をひざに
だいてだまって涙をこぼした。
リューマチに風邪は悪い

たのニュースによわされていた。

まだ見ぬ支那大陸という未知の世界に、自分に定めた生涯の仕事をもって飛びこんでゆけたらと、とてつもないだいそれたゆめをみていた私には、母の悲しい心の中などつゆほども考える余裕はなかった。

支那事変で長兄を失い、続いて次兄が現役で北支方面に出征していた。今また私がいつ帰るかわからない遠い支那へ行こうとしている。母はなぜわめき泣きさけんで止めなかったのだろう。泣いても止めても私は行ってしまうのをよくわかっていたのかも知れない。

十二月二十九日、沼津から長崎行の汽車に乗る私を、母は三島・田町駅まで送ってきて、柵の向こうにたたずんで電車の出るのをじっと見ていた。

戦局は私が支那に渡った頃をさかいに日に日に悪くなり、昭和二十一年の三月、軍の命令で日本人家族の強制疎開が始まり、私は一歳になった長男を抱いて、中支、北支、満州、朝鮮を経て、四月になつかしい故郷へ帰りついた。

母は風邪でねていた。初孫をひざにだいて、だまって涙をこぼした。

リューマチに風邪は悪い。

加えて医者も薬も思う様にならず
もう一ぺん元気になってと思う私の
願いもむなしく兄の復員も待たずに
秋風の立ち初めた九月に亡くなった
四十九才だった
母と同じ病気を患い始めて
母の悲しみや苦しみがわかる
長い間病気にたえて愚痴も、こぼさずに
私に好きな道を歩ませてくれた母
母よ許してと悔いの涙にくれる時もある
九州の娘も子供達が小学校へ通い始め
三島へも来れなくなった

そんな私を案じて時々は電話で
孫の声を聞かせてくれる
私より一年後から引揚げてきた夫は
元気で商売熱心である
外を歩けない私のために 米びつを
のぞき冷蔵庫の中をみては不足の
合間にせっせとスーパー通いをしてくれる
私は自分のしあわせをかみしめている。

加えて医者も薬も思う様にならず、もう一度元気になってと思う私の願いもむなしく、兄の復員も待たずに秋風の立ち初めた九月になくなった。四十九歳だった。

母と同じ病気を患い始めて、長い間病気にたえて愚痴もこぼさずに私に好きな道を歩ませてくれた母、母よ許してと悔いの涙にくれる日もある。九州の娘も、子供達が小学校へ通い始め、三島へも来れなくなった。

こんな私を案じて、時々は電話で孫の声を聞かせてくれる。

私より一年、後から引揚げてきた夫は、元気で商売熱心である。

外を歩けない私のために、米びつをのぞき冷蔵庫の中をみては、仕事の合間にせっせとスーパー通いをしてくれる。

私は自分のしあわせをかみしめている。

人間の感情には喜怒哀楽の四種類ある。喜びと怒りと哀しさと楽しさである。このうちどれが人間形成のうえで役立つかといえば、怒哀だと私は思う。さらに言えば、適度な怒哀が適切な人間性を形成するのではないかと思う。まったくの私見ではあるが。

私は父が好きではなかったが憎んではいない。鬼籍に入った今の父への感情は「哀」である。口では強がりを言うが、ほんとうは一人ぼっちで寂しい人だったのかもしれないと思うからである。父の性格がああでなかったら、私は父との交流をちょっとは楽しめたはずだと、今更ながらに思う。

家族うちでは好かれていなかった父だったが、外には父を好きな人もいた。おもに商売上の顧客たちである。その人たちは、皆が皆、父のことをほめていた。「いいご主人ですね」という言葉に対して母は屈託なく「はい、ありがたいことです」と答えていたが、私はそれほど人間ができていない。彼らが家に来て、お茶を出すとき、「リウマチのおかあさんにも尽くして、いいおとうさんですね」と同意を求める彼らの言葉に対して、「いいえ」とも言えず、「はい」と答える私の顔はきっと苦虫を噛みつぶしたような顔をしていたに違いない。

父にもいいところがあったと、そんな数少ない光景を思い出せば、数えるほどだが無いことはない。嫌な奴とレッテルを張っていたがゆえに、おそらく、いいところを見のがしていたのかもしれない。そのいいところを、母は見ようとしていたのかもと思う。むやみに父に失望するのではなく、人間としての父を理解すればよかった。こう言えば、あの世で母はきっと喜んでくれるだろう。父のためではなく、私のために。父はあくまでも父である。私の半分は父でできている。その父を貶めれば、おのずと自らを貶めることになるからだ。

先に、適度な怒哀が人間形成に役立つのではと書いたが、父への嫌悪からはじまった私の怒哀感情は高校、会社、社会一般へと波及し、挙句は『入試制度廃止論』や『日本語を教えない国日本』の執筆にまで至らせた。

「這子は怒りんぼだね」と母を驚かせた出来事がある。子どもたちが小学生のころ、家族総出、おんぼろ車で九州から三島まで高速道路を昼夜走らせてお盆休みに帰ったことがある。アベルと花子も一緒である。二匹を三島の家の玄関土間に入れたら、「汚い、外に出せ」と父が言った。その場で、「じゃあ帰るわ」と、とんぼ返りしたという話である

どんなに科学が発達しても感情度合いを測ることはできない。感情は一つの正解が出る算数や数学のようにはいかない。公式のない紆余曲折した心のうねりである。だから、母が書いた末尾の言葉は、そのときの母の心だったかもしれないと、今にして思うのである。

私を育てた個人的怒哀感情であるが、今はすでに遠い感情となっている。しかし、私を育てた核の部分でもある。むかし、この怒哀を材料に書いたいくつかの小品がある。これら小品を集めた本の出版を考えている。タイトルはそのまま『遠い感情』。

横山多枝子　（よこやま　たえこ）

1948年静岡県三島市生まれ。

1997年渡米。1999年ワシントン州Skagit Valley College卒業。

2001年ユタ州Brigham Young University（言語学）卒業。

2003年センター試験国語出題文の検証を開始。

2006年ブログにて「自民党新憲法草案の検証」「教育基本法特別委員会質疑応答と野次」を連載。

2008年「続・入試制度廃止論―認知心理学基軸―」をHPにて発表。
◎著作
『入試制度廃止論』（自費出版、2002年）
『論文読解とは推量ゲーム？』（自費出版、2004年）
『日本語を教えない国日本―入試問題・安保条約文徹底検証！』（せせらぎ出版、2005年）
『続・入試制度廃止論―認知心理学基軸―』（せせらぎ出版、2019年）
『夢の跡の塵芥』（せせらぎ出版、2020年）。
◎ブログ
http://www13.plala.or.jp/taekosite/

●装幀　仁井谷伴子

照《て》らし出《だ》すものたち 這子編《はうこへん》　一《ひと》つの認知《にんち》システム

2021年5月15日　第1刷発行

著　者　横山多枝子
発行者　山崎亮一
編　集　せせらぎ出版
〒530-0043　大阪市北区天満1-6-8 六甲天満ビル10階
TEL 06-6357-6916　FAX 06-6357-9279
郵便振替　00950-7-319527
https://www.seseragi-s.com/

印刷・製本所　亜細亜印刷株式会社

ISBN978-4-88416-278-8